AF179020

Tucholsky Wagner Scott Zola Fonatne Sydow Freud Schlegel

Turgenev Wallace Freud

Twain Walther von der Vogelweide Fouqué Friedrich II. von Preußen

Weber Freiligrath

Fechner Weiße Rose von Fallersleben Kant Ernst Frey

Fichte Richthofen Frommel

Engels Fielding Hölderlin

Fehrs Faber Flaubert Eichendorff Tacitus Dumas

Eliasberg Ebner Eschenbach

Feuerbach Maximilian I. von Habsburg Fock Eliot Zweig

Ewald Vergil

Goethe Elisabeth von Österreich London

Mendelssohn Balzac Shakespeare Dostojewski Ganghofer

Lichtenberg Rathenau Doyle Gjellerup

Trackl Stevenson Hambruch

Mommsen Tolstoi Lenz Droste-Hülshoff

Thoma Hanrieder

Dach von Arnim Hägele Hauff Humboldt

Verne Reuter Rousseau Hagen Hauptmann Gautier

Karrillon Garschin Defoe Baudelaire

Damaschke Descartes Hebbel

Hegel Kussmaul Herder

Wolfram von Eschenbach Dickens Schopenhauer

Darwin Melville Grimm Jerome Rilke George

Bronner Campe Horváth Aristoteles Bebel Proust

Bismarck Vigny Barlach Voltaire Federer Herodot

Gengenbach Heine

Storm Casanova Tersteegen Grillparzer Georgy

Chamberlain Lessing Langbein Gilm Gryphius

Brentano Lafontaine

Claudius Schiller Kralik Iffland Sokrates

Strachwitz Bellamy Schilling

Katharina II. von Rußland Gerstäcker Raabe Gibbon Tschechow

Löns Hesse Hoffmann Gogol Wilde Gleim Vulpius

Luther Heym Hofmannsthal Klee Hölty Morgenstern

Roth Heyse Klopstock Goedicke

Luxemburg Puschkin Homer Mörike Musil

La Roche Horaz

Machiavelli Kierkegaard Kraft Kraus

Navarra Aurel Musset Moltke

Nestroy Marie de France Lamprecht Kind Kirchhoff Hugo

Laotse Ipsen Liebknecht

Nietzsche Nansen Marx Lassalle Gorki Klett Ringelnatz

von Ossietzky May Leibniz

vom Stein Lawrence Irving

Petalozzi Platon Pückler Knigge

Sachs Poe Michelangelo Kock Kafka

Liebermann Korolenko

de Sade Praetorius Mistral Zetkin

Der Verlag tredition aus Hamburg veröffentlicht in der Reihe **TREDITION CLASSICS** Werke aus mehr als zwei Jahrtausenden. Diese waren zu einem Großteil vergriffen oder nur noch antiquarisch erhältlich.

Symbolfigur für **TREDITION CLASSICS** ist Johannes Gutenberg (1400 — 1468), der Erfinder des Buchdrucks mit Metalllettern und der Druckerpresse.

Mit der Buchreihe **TREDITION CLASSICS** verfolgt tredition das Ziel, tausende Klassiker der Weltliteratur verschiedener Sprachen wieder als gedruckte Bücher aufzulegen – und das weltweit!

Die Buchreihe dient zur Bewahrung der Literatur und Förderung der Kultur. Sie trägt so dazu bei, dass viele tausend Werke nicht in Vergessenheit geraten.

Absalons Haar

Bjørnstjerne Bjørnson

Impressum

Autor: Bjørnstjerne Bjørnson
Umschlagkonzept: toepferschumann, Berlin

Verlag: tradition GmbH, Hamburg
ISBN: 978-3-8424-0360-4
Printed in Germany

Ziel der TREDITION CLASSICS ist es, tausende deutsch- und fremdsprachige Klassiker wieder in Buchform verfügbar zu machen. Die Werke wurden eingescannt und digitalisiert. Dadurch können etwaige Fehler nicht komplett ausgeschlossen werden. Unsere Kooperationspartner und wir von tredition versuchen, die Werke bestmöglich zu bearbeiten. Sollten Sie trotzdem einen Fehler finden, bitten wir diesen zu entschuldigen. Die Rechtschreibung der Originalausgabe wurde unverändert übernommen. Daher können sich hinsichtlich der Schreibweise Widersprüche zu der heutigen Rechtschreibung ergeben.

I.

Harald Kaas war sechzig Jahre alt geworden. Er lebte nicht mehr, unbekümmert um alle Kritik, sein flottes Junggesellenleben. Im Sommer sah man seine Lustyacht nicht mehr an der Küste; seine Winterreisen nach England und dem Süden hatten aufgehört: ja, er kam selten nach seinem Klub in Christiania.

Seine Riesengestalt nahm sich im Thürrahmen nicht mehr groß aus wie in alten Tagen; er hatte abgenommen. Säbelbeinig war er immer gewesen, aber der Winkel war größer geworden. Die Herkulesbiegung des Rückens war jetzt auch runder; er ging gebückt. Seine Stirn war eine der breitesten gewesen; keines anderen Hut paßte zu seinem Kopf. Jetzt war sie zugleich eine der höchsten; er hatte nämlich nicht mehr Haar übrig als einen kleinen Rest an den Ohren und einen leichten Kranz im Nacken. Jetzt hielt er das Schnapsglas am liebsten mit beiden Händen; sie zitterten. Selbst die kleinen, starken, tabakgeschwärzten Zähne fingen an auszufallen. Sollte er sagen: sackerlot, so sagte er: schackerlot. Die Hände hatte er immer halb geschlossen gehalten, als faßten sie etwas; jetzt krümmten sie sich; er konnte sie nicht mehr ganz ausstrecken. Den kleinen Finger der linken Hand hatte ein Hüne, den Harald Kaas auf den Boden legte, in seiner Dankbarkeit abgebissen. Kaas erzählte, wie er den Burschen gezwungen, ihn auch gleich zu verschlingen. Jetzt sah Kaas gern da und liebkoste den Stumpf. Oft war das die Einleitung zu einer Erzählung seiner Abenteuer, die länger und länger wurde, je mehr er alterte und still saß.

Seine kleinen lauernden Augen saßen tief im Kopf und sahen einen fest an. In seiner Persönlichkeit lag Kraft, und kluger Verstand in seinem Schädel; auch besaß er ein hervorragendes mechanisches Talent. Seine unverrückbare Selbstbewunderung war nicht ohne Größe, und der Nachdruck, mit dem sein Leib und Geist auftraten, machte ihn zu einem der Originale des Landes. Weshalb wurde er nicht mehr?

Er wohnte auf seinem Gut Helleberge; längs der Küste hatte er große Wälder und Pachthöfe den Fluß entlang.

Einmal gehörte es dem Geschlecht der Kurte und war insoweit ihnen wieder zugefallen, als alle wußten, daß Haralds Vater kein Kaas, sondern ein Kurt war. Er hatte das Besitztum wieder gesammelt; wie und mit welchen Mitteln – darüber könnte ein Buch geschrieben werden.

Das Hauptgebäude sah auf eine inselumkränzte Bucht; weiter draußen lagen noch mehr Inseln und das Meer. Ein ungemein langer Bau, auf einer alten riesigen Mauer neu aufgeführt, der östliche Flügel nur halb eingerichtet, der westliche Harald Kaas' Wohnung; hier lebte er sein Sonderlingsleben. Beide Flügel wurden durch zwei eingebaute Söller vereinigt, der eine lag über dem anderen, mit Treppen an beiden Enden. Merkwürdigerweise lagen die Söller nicht nach Süden, dem Meere zu, sondern nach Norden, gegen die Felder und Wälder.

Zwischen den beiden Flügeln des Hauses war immer ein neutrales Gebiet, nämlich unten ein großer Speisesaal, oben ein großer Tanzsaal; in den letzten Jahren war keiner von ihnen benutzt worden.

Harald Kaas' Wohnung signalisierte von außen ein gewaltiger Elentierkopf mit ungeheurem Geweih, der über dem Söller festgenagelt war. Im Söller selbst hingen mehrere Bären-, Wolf-, Fuchs- und Luchsköpfe, dazu ausgestopfte Vögel von Land und See. Die Wände des Vorzimmers waren mit Fellen und Gewehren behängen und auch die Stuben lagen voller Felle und rochen stark nach Wild und Tabaksrauch; er selber nannte es Mausgeruch. Niemand vergaß ihn, der ihn einmal gerochen hatte. Kostbare, feine Felle an den Wänden, die Fußböden mit Fellen bedeckt; selbst das Bett bestand aus lauter Fellen; Harald Kaas lag und saß und ging auf Fellen, und alle diese Felle waren willkommene Gesprächsthemen, da er selber jedes Tier geschossen und abgezogen hatte. Freilich meinten einige, die meisten Felle wären bei Brandt & Co. in Bergen getauft und nur die Erzählungen zu Hause geschossen und abgezogen. Das halte ich meinesteils für Übertreibung. Aber sei dem wie ihm wolle, der Eindruck war doch gewaltig, wenn Harald Kaas in seinem Holzstuhl am Herde saß, die Füße auf Bärenfellen, und sein Hemd öffnete, um uns die Narben auf seiner behaarten Brust zu zeigen. Was waren das für Narben? Narben von Bärenzähnen; von damals, als Harald

Kaas dem Untiere sein Messer bis an den Schaft ins Herz stieß, Alle die seltenen Gefäße, Schränke und geschnitzten Stühle hörten die Erzählung in gewohnter Ruhe an.

Harald Kaas war sechzig Jahre alt, als er eines Tages im Juli mit vier Damen in die Bucht gefahren kam, die er vom Dampfschiff abgeholt hatte: sie wollten bis in den August bei ihm bleiben. Eine ältere Dame und drei junge, alles Verwandte von ihm; sie sollten oben wohnen. Dort hörten sie ihn unten auf und ab gehen und brummen und waren anfangs nicht wenig furchtsam. Drei von ihnen hatten auch seine Einladung nicht ohne Bedenken angenommen, und diese Bedenken wurden nicht geringer, als sie am nächsten Morgen Kaas ruhig splitternackt vom Meer heraufsteigen sahen. Sie schrien und drängten sich in ihren Nachtgewändern aneinander, um wegen sofortiger Abreise zu beratschlagen. Als aber die eine sagte: »Du hättest uns nicht rufen sollen, Tante, dann hätten wir es nicht gesehen« – da mußten sie alle lachen, und damit war die Sache abgemacht.

Beim Frühstück verhielten sie sich zwar etwas reserviert; als aber Harald Kaas ihnen von seiner alten schwarzen Stute erzählte, die in einen jungen braunen Hengst des Propstes verliebt war und sich wütend gebärdete, wenn sich ein anderer an sie machte, dagegen ihren Kopf schmeichelnd seitwärts hielt und wie ein feines Fräulein grüßte, sobald der Hengst des Propstes laut wiehernd ankam – – nun ja, da nahmen die Damen es ruhig hin; hatten sie sich einmal aus Neugier hierher verirrt, so mußten sie auch die »Natur« ertragen. Aber trotzdem fürchteten sie in der nächsten Nacht für ihr Leben; er schoß gerade unter ihren Fenstern. Die Tante behauptete sogar, er habe durch ihr offenes Fenster hinein geschossen. Sie schrie laut auf, und die anderen fuhren aus dem Schlafe auf und standen mitten in der Stube, bevor sie sich dessen selber bewußt waren. Dann lagen sie in den Fenstern und spähten hinaus, trotzdem die Tante versicherte, sie würden geschossen werden. Sie mußten doch sehen, was los war. Ja, dort zwischen den Kirsch- und Apfelbäumen sahen sie ihn nach einer Weile umhergehen und hörten ihn fluchen. Aufs äußerste erschrocken flüchteten alle wieder ins Bett. Am nächsten Morgen hörten sie, daß er mit Schrot auf nächtliche Freier geschossen habe; der eine hätte eine halbe Ladung in die Waden bekommen, das wäre dem Burschen ganz gesund.

Nicht deswegen, weil einer auf die Freite gehe, aber deswegen, weil er es hier thue. »Denn was hier auf dem Gute nötig ist, besorgen wir schon allein.« Die vier Damen saßen wie vier frisch angezündete Stearinlichte in einem Kirchenleuchter – bis eine aufsprang und heulte. Dann heulten sie allesamt.

Die vier Damen langweilten sich nicht. Dazu war Harald Kaas allzu reich an Unglaublichkeiten. Dann war auch Stimmung in den großen Wäldern, die nicht ausgeholzt waren, nachdem Harald Kaas das Gut übernommen hatte. Weiterhin gab es herrliche Spaziergänge den Fluß entlang und Fische im Fluß. Sie badeten, sie unternahmen amüsante Fahrten im Kutter und fuhren in die Kirchspiele der Umgegend, trotzdem die Wagen nicht von der neuesten Konstruktion waren.

Die jüngste der Damen, Kirsten Raon, fing an, nicht mehr mitzuthun. Sie hatte eine Leidenschaft für den östlichen, noch unfertigen Flügel bekommen; dort verbrachte sie lange Stunden vor offenen Fenstern. Dort standen die Bäume, große Linden, unbeschnitten und mystisch. »Hier sollten Sie nach dem Meere hin einen Altan bauen,« sagte sie zu Kaas, »sehen Sie, wie das Meer unter den Linden hindurchglänzt!« Worauf sie einmal verfallen war, das gab sie nicht auf, und als sie das vierte oder fünfte Mal damit kam, versprach er es zu thun. Aber kaum war er fertig, so kam mehr. »Unter dem ersten Altan muß unten ein noch breiterer Altan sein,« sagte sie mit ihrer zarten Stimme. »Und der muß auf jeder Seite eine Treppe nach dem Rasen haben, der Rasen ist gerade hier so herrlich.« Schon die unerhörte Dreistigkeit, so etwas von ihm zu verlangen, imponierte ihm. Über kurz und lang gab er ihr auch hierin nach.

»Die Zimmer müssen hergerichtet werden« befal sie, und zwar ernst. »Das nach dem Altan, der hier unten her kommen soll, muß mit poliertem Kiefernholz hergerichtet werden und der Boden gebohnt sein.« Sie streckte ihre lange feine Hand aus und zeigte. »Alle Fußböden müssen gebohnt werden. Für das Zimmer oben werden Sie eine Zeichnung von mir bekommen. Ich hab' es genau durchdacht « – und ihre großen verwunderten Äugen tapezierten die Wände, stellten die Möbel auf und hängten die Gardinen auf in merkwürdigen Mustern. »Ich weiß auch, wie die anderen Räume eingerichtet werden müssen.« fügte sie hinzu, ging hinein und hielt sich in jedem eine Weile auf. Er folgte wie ein altes Pferd dem Zügel. Es war noch nicht die Hälfte der Zeit vergangen, welche die vier Damen bei ihm zuzubringen gedachten, da vernachlässigte er schon mit größter Gemütsruhe die drei anderen.

Wenn sie kam, strahlten seine alten Augen in heller Bewunderung; er suchte die Augen der anderen, um ihre Bewunderung als Zugabe zu der seinen zu erhalten; er ging, um sie herum wie ein alter Photographie-Apparat. der sich selbst aufstellen kann. Nachdem sie eines Tages ein französisches Lehrbuch der Mechanik aus seinem Bücherschrank genommen hatte und es nicht nur verstand, sondern sogar erklärte, für Mechanik habe sie eigentlich die größte Anlage, da war es ganz mit ihm vorbei. So oft sie nach diesem Tage nur zum Vorschein kam, stellte er sich in den Hintergrund als sprechende und handelnde Person. Sobald sie am Morgen in einer ihrer originellen Morgentoiletten erschien, lachte er still für sich, oder er starrte, starrte und sah auf die anderen. Sie sprach nicht viel; aber jedes Wort, das sie sagte, erweckte seine Bewunderung. Am allermeisten war er bezaubert, wenn sie still dasaß und sich um niemand bekümmerte; da glich er einem alten Papagei der in der Erwartung von einem Stück Zucker seinen Kopf seitwärts neigt. Sein Leinen war immer kreideweiß; sonst dachte er nicht viel an seine Toilette. Jetzt ging er in einem rohseidenen Rock, den er sich einmal in Algier gekauft, aber gleich wieder weggehängt hatte, da er ihm zu eng war. Darin sah er aus wie eine verschnittene Buchsbaumhecke.

Wer war nun diese Löwenbändigerin von einundzwanzig Jahren, die, ohne im geringsten es zu wollen, ja, ohne besonders viel aus sich zu machen (sie war nämlich die stillste von allen) das stärkste Tier des Waldes zwang, sich vor ihr in den Sand zu legen und sie in verlorener Demut anzugaffen?

Betrachte sie, wie sie jetzt dasitzt mit ihrem offenen, glänzenden, herrlich dunkelroten Haar; beachte ihre breite Stirn und hohe Nase, aber besonders ihre großen verwunderten Augen! Betrachte ihren Hals und seine Fortsetzung; verfolge den langen Leib und seinen schlanken Wuchs. Betrachte ihr Renaissancekleid genau, seine Form und Farbe, und du wirst neugierig; denn sie hat etwas besonderes an sich.

Kirsten Raon verlor ihre Mutter am Tage ihrer Geburt und ihren Vater, als sie fünf Jahre alt war. Er hinterließ ihr ein anständiges Vermögen in Schuldscheinen unter der ausdrücklichen Bedingung, daß das Kapital nicht angetastet und nur die Renten von ihr gebraucht würden, ob sie sich nun verheiratete oder nicht. Er meinte so ihren Charakter zu bestimmen. Sie wurde in drei verschiedenen Zweigen der großen Familie erzogen – die eher ein Volksstamm genannt werden konnte, da ihr gemeinsames Zeichen nur das Bedürfnis war, seine eigenen Wege zu gehen. Wo zwei Raone zusammenkommen, da sind sie in der Regel in allem was sie sprechen uneinig; aber wie gesagt, sie halten unwiderruflich zusammen.

Kirsten war ein rezeptives Talent; sie las alles und erinnerte sich an alles; das heißt, sie war ein logischer Kopf; denn sich erinnern heißt ja ordnen. Folglich war sie Nummer Eins in allem, was sie anfing; dieser Umstand und der, daß, sie bei anderen war, die mit ihr ein wenig spekulierten und daher ihr schmeichelten, dies war ebenso bestimmend für ihr Wesen wie für ihr Geld. Sie war nicht im geringsten hochmütig; das lag nicht im Wesen der Raone; aber, zehn Jahre alt, wollte sie nicht mehr spielen, ging in den Wald und dichtete Heldenlieder. Zwölf Jahre alt, wollte sie nur in Seide gehen, und trotz einer Tante mit Locken und Spitzen setzte sie es durch. Sie war schlank und zierlich in ihrer Seide und immer Nummer Eins. Sie machte Verse über Ritter Aage und Jungfrau Else, über Vögel und Blumen und viel Herzeleid. Als sie in den Kreis der Erwachsenen getreten war, wo andere Mädchen, die die Mittel dazu haben Seide tragen, hörte sie damit auf. Des Glatten und Glänzenden war sie nun überdrüssig, ja, sie schwärmte jetzt für feine Wolle und teuern Sammet in allen Farben; Anzüge im Renaissancestil wurden ihre Lieblingskleider und Stoff für ihr Studium. Auf der Brust schnitt sie sie aus wie auf Leonardos und Raphaels Portraits und bemühte sich auch auf andere Weise ihnen zu gleichen. Sie schrieb nicht mehr Verse, sondern Erzählungen, streng stilisiert und mit Sinn für die Sprache, aber alles andere, nur nicht unmittelbar. Sie waren kurz, mit einer mehr oder weniger klaren Pointe. Erzählungen einer achtzehnjährigen Dame pflegen nicht Aufsehen zu erregen; aber diese waren besonders kühn. Ihr einziges Ziel war augenscheinlich das, anzustoßen. Sie zeichnete nicht mit ihrem Namen, sondern mit »Pus«; indessen war es zu verlockend, zu erzählen, daß der Verfasser, der in einer Zeit wo alle Verfasser anstoßen wollten, es mit der größten Gemütsruhe that, eine achtzehnjährige fein erzogene Dame aus der besten Familie des Landes war. Bald wußten alle, daß Pus die mit dem freien roten Haar war, die hohe Renaissancedame mit dem Tizianhaar. Das Haar war sehr dicht, leicht gelockt und glänzend; es lag frei über Schultern und Brust, eine Mode, die sie von Kind auf beibehalten hatte. Die Augen sahen gleichsam alles zum erstenmal und waren groß; aber der untere Teil des Gesichts ließ die breite Anlage nach oben etwas im Stich. Die Kinnbacken traten zurück, die hohe Nase machte den Mund kleiner als er war, und das Kinn existierte fast nur als ein Hinweis auf einen Teil weiter unten, und dieser andere Teil gab wieder einen zärtlichen Hinweis auf den Hals, besonders wenn sie den Hals vornüber beugte, was sie gewöhnlich that. Diesen doppelten Hinweis verdiente der Hals auch, er war fein von Farbe, edel und rund in der Zeichnung und prächtig mit der Büste verbunden; deshalb wagte sie auch nicht, die beiden zu trennen, sondern ging mit bloßer Oberbrust; denn auch diese war weiß und hoch gewölbt. Der oberste Rand des Kleides schloß ab wie angegossen, etwas, worauf sie genau achtete. Die Brüste lagen tief und traten nicht hervor; aber ihre feste Form, die schlanke Mitte darunter, die nicht starken Hüften in dem straff anliegenden Kleid, ihre Haltung, der runde Arm, die lange Hand machten sie so elegant und eigentümlich, daß man mehr als sehen, daß man studieren mußte. Zog man allen Schmuck und die Feinheiten des Kleides in Betracht, dann verstand man, wie viel Intelligenz und künstlerischer Sinn hier aufgewandt war.

Im Verkehr war sie freundlich, schlicht und still, immer mit etwas beschäftigt, beständig mit verwunderten Augen. Die diskreten und wohlerwogenen Worte, die sie sprach, waren nie zahlreich; dies und ihr ganzes Wesen waren der Grund, daß die Leute sich nicht recht an sie heranwagten. Besonders die, die wußten, wie klug die junge Dame war und welches Wissen sie besaß.

Freundinnen hatte sie eigentlich keine, aber die große Familie sorgte stets für Verkehr, Freundschaft, Schmeichelei und Lust; – sie mußte ins Ausland, um allein zu sein. Sie war die Prinzessin der

Familie; man huldigte ihr nicht nur, man wollte sie auch um alles in der Welt verheiraten, was ihr absolut zuwider war. Von ihren Renten hatte sie von Kind auf eine bedeutende Summe zurückgelegt – aber lange nicht so viel, als die Familie behauptete. Die Sage von diesem Reichtum trug nicht wenig dazu bei, daß alle in sie verliebt waren, nicht allein die Junggesellen der Familie, das verstand sich von selber, sondern es umschwärmten sie auch Künstler und Kunstliebhaber, besonders die blasierten – *la jeunesse dorée*« (die in Norwegen dürftig genug ist) ohne Ausnahme.

Ein lebendes Kunstwerk von so und so hohem Preis, bewundert, pikant – sie wollten es in ihr Heim tragen und in ihrem Hause genießen. Bei ihr mußte sich eine reichere Intensität finden als bei einer anderen, ein diskretes Sich-hinein-verbergen in einen einzigen – der unerreichbare Traum der Lebensmüden. Mit ihr konnten sie ein bis zum äußersten stilvolles Leben führen in Kunst, Geschmack. Bequemlichkeit; ihre Bildung war ja die feinste und so völlig frei ... unser kleines Land besaß in diesen Tagen kein appetitlicheres Ziel. Wenn sie sie sahen, wußten sie nicht, was sie thun sollten oder wie sie sich zeigen sollten, im Profil oder in ganzer Stellung, ob sie lächeln oder ernst drein sehen, sprechen oder schweigen sollten. Ich habe einmal eine hohe Hündin gesehen und um sie herum eine Anzahl kleiner Hunde, von denen keiner groß genug war. Weshalb hat kein Maler diesen komischen Stoff behandelt? Sie sehnsuchtsvoll dahineilend wie eine kranke Ballade, ohne zu finden – ! Diese sehnsuchtsvoll mitkeuchend, trunken von Geruch und Lust, bald in rasendem Kampf, ohne irgend welchen Nutzen, nur zu vermehrter Qual.

Das Bild stimmt nicht, aber es ist absichtlich gewählt. Was diese Freier in ihre Erzählungen hineinlegten, in ihre eigentümliche Kleidung, ihre verwunderten Augen und ihre stille Träumerei, war nicht, das allerfeinste; damit vermehrten sie ihre Hoffnung und ihre Energie. Aber nun denke man sich ihre grenzenlose Enttäuschung, als es im Herbste hieß, daß – Fräulein Kirsten Raon mit Harald Kaas verheiratet war.

Man lachte laut auf vor Raserei, man höhnte, man schrie. Die einen hatten keine andere Erklärung, als daß dieser kahlköpfige Riese gewagt, was die anderen sich nicht getraut hatten. Andere dagegen, die sie kannten und vor ihr die größte Achtung hatten, waren nicht weniger entsetzt. Sie waren mehr als enttäuscht, das Wort ist zu mild; viele trauerten geradezu. Wie in aller Welt war das gekommen! Auf Kirsten Raons unabhängige Stellung, ihren starken Charakter, ihren seltenen Mut, ihr Wissen, ihre Begabung und Energie hatten viele, besonders Frauen, eine Zukunft auch für die Frauensache gebaut; sie hatte ja bereits rücksichtslos dafür geschrieben. Ihr Hang zur Originalität und zu Paradoxen mußte ja, dachten sie, verschwinden, wenn der Kampf sie in die vordere Reihe stellte; schließlich mußte sie eine der ersten Vorkämpferinnen der Sache werden. Das Edle und Freie war stark in Kirsten und würde schließlich die Oberhand bekommen.

Aber jetzt – ?

Die wenigen, die Handlungen mehr zu erklären als zu beurteilen suchen, fanden – wenigstens einige – daß der Trotz ihrer Erzählungen und ihre Oppositionslust im ganzen recht wohl auf eine Eitelkeit hinwiesen, die auf Abwege führen konnte. Andere behaupteten, sie wäre wesentlich eine romantische Natur, die durchgehend die eigenen Kräfte und die Lebensbedingungen überschätzte. Wieder andere hatten gehört, die beiden Eheleute lebten ein jedes in seinem Flügel, mit seiner Dienerschaft und von seinem Vermögen; weiterhin, daß sie gerade jetzt den Flügel auf eigene Kosten nach ihrem Herzen einrichtete und so vermutlich eine neue Art Ehe zu gründen gedachte. Aber einige behaupteten auch, daß nur die großen Linden am östlichen Flügel von Helleberges großem Wohnhaus an der Ehe schuld seien. Sie rauschten so eigentümlich am Sommerabend, diese Bäume, und das Meer unter ihren Zweigen erzählte berückende Märchen. Viel mehr als der Mann Harald Kaas waren für sie die alten Wälder; es stehen ja kaum sonst noch welche im armen Norwegen, Ihre Phantasie, sagten sie, hing an den Bäumen fest; da kam Harald Kaas und nahm sie. Die Gegend, den Hof, das Klima, die freie Stellung in ihrem eigenen Flügel, das hatte sie gewählt. Kaas war eine Art Kobold, den sie hatte mit dazu nehmen müssen. Aber es war zweifelhaft, ob diese Vermutung richtiger war als die anderen; man kam niemals dahinter. Sie gehörte nicht zu denen, die man gern fragte oder die dann antworteten.

Alles Rätselraten, selbst das interessanteste, bekommen die Leute auf die Dauer satt. Schließlich wollte man ihren Namen nicht mehr hören – als sie vier Monate nach der Hochzeit im Parkett des Christianiaer Theaters saß, ganz wie in alten Tagen, nur etwas bleicher. Alle Operngucker waren auf ihr rotes Haar und ihre breite Stirn gerichtet. Sie verbarg sich nicht hinter dem Fächer; sie strahlte in heller, fast weißer Tracht, viereckig ausgeschnitten wie immer. Sie sah sich mit den verwunderten Augen um. als hätte sie gar nicht gewußt, daß auch andere im Theater wären, oder daß es jemand einfallen könnte, sie anzusehen. Selbst die rasendsten von diesen Aufdringlichen mußten doch einräumen, daß sie geistig und körperlich einzig war und bezaubernd in ihrer Art.

Aber als sie eben wieder in aller Munde war, verschwand sie. Später hörte man. daß ihr Mann ihr in die Stadt nachgereist wäre, trotzdem fast niemand ihn gesehen hatte. Man vermutete, daß sich die ersten Wolken am Ehehimmel gezeigt hatten.

Wirkliche Klarheit über ihr Eheleben bekam man niemals. Die Versuche der Verwandten, dahinter zu kommen, mißglückten vollständig. Nur so viel stand außer Frage, daß sie guter Hoffnung war. Mit größter Sorgfalt hatte sie auch das zu verheimlichen gesucht.

Es kam keine Anzeige und kein Brief; aber im nächsten Sommer schob sie einen Kinderwagen durch die Hauptstraße von Christiania mit so verwunderten Augen, als hätte ihr ihn jemand in die Hände gedrückt. Sie war jetzt frischer und schöner denn je. Im Wagen lag ein Junge mit ihrer breiten Stirn und ihrem roten Haar, reizend angekleidet und ebenso wie der Wagen mit so viel Phantasie ausgeputzt und so im Einklang mit ihr selber, daß alle die Antwort verstanden, die sie gab, wenn Bekannte sie grüßten und nach den hergebrachten Glückwünschen fragten: »Bekommen wir nicht bald wieder eine Erzählung von Ihnen?« – »Eine neue Erzählung? Hier ist sie!« –

Aber trotz dem absoluten Glück, das sie auf der Straße zeigte – es konnte nicht länger unbemerkt bleiben, daß sie mehr von Helleberge fern als zu Hause war, und daß sie niemals ihres Mannes Namen nannte. Versuchte jemand ein Gespräch über ihn in Gang zu bringen, so ging sie niemals darauf ein.

Bald wurde es sogar offenkundig, daß sie Helleberge zu verlassen beabsichtige. Damals war der Junge etwa ein Jahr alt. Sie hatte in Christiania für längere Zeit gemietet und reiste nach Hause, um ihre Anordnungen zu treffen; sie sagte selber, in einigen Tagen würde sie wiederkommen.

Aber sie kam niemals wieder.

Am Tage nach ihrer Rückkehr, als die vielen Diener von Helleberge, die Kätner, ihre Weiber und Kinder sich auf dem Hofe versammelten – es war die Zeit der Kartoffelernte – da kam Harald Kaas und schleppte sie wie ein Paket unter dem linken Arm. Er kam bedächtig mit ihr gegangen; in der rechten Hand hielt er ein Bund langer, frischer Birkenreiser. Ein Stück vor dem Söller machte er Halt. Indem er sie auf sein linkes Knie legte, begann er sie auf ihren bloßen Körper zu schlagen, bis er blutig wurde.

Sie gab keinen Laut von sich. Als er sie frei gab, ordnete sie zitternd zuerst ihr Haar. Sie zeigte dabei ihr Gesicht, wie eben das Blut daraus zurückwich; es war so bleich, so bleich, die Thränen rannen vor Schmerz und Scham – aber kein Laut. Sie ordnete ihr Kleid, aber die Unterkleider schleppten zerrissen hinterdrein, als sie langsam ins Haus ging. Sie schloß die Thür hinter sich, mußte sie aber noch einmal öffnen; die Unterkleider hingen fest.

Die Frauen standen entsetzt; ein paar Kinder schrien vor Schreck, sie steckten die anderen an und schluchzten im Chor. Die Männer, die sich größtenteils niedergesetzt hatten, um ihre Pfeife zu rauchen, waren wieder aufgesprungen. Erbittert standen sie da.

Harald Kaas war zu der Handlung nicht ohne starke Qualen geschritten! das zeigte sein Gesicht und sein Wesen seit langer Zeit – und auch jetzt; aber er hatte ein schallendes Lachen für seine seltsame That erwartet, Das ging deutlich hervor aus der grandiosen, ruhigen Art. wie er mit ihr gegangen kam, und noch mehr aus den rachefreudigen Augen, mit denen er nach der That um sich blickte.

Aber erst Totenstille, dann Weinen, dann Schluchzen, dann Erbitterung – er stand eine Weile und ließ es über sich ergehen. Dann ging er ins Haus wie ein geschlagener, unwiderruflich besiegter Mann. In allen Zusammenstößen mit dieser feinen Gestalt hatte der Riese verloren.

Aber sie verließ den Hof seitdem nie wieder. Sie zeigte sich in den ersten Jahren vor niemand außerhalb des Hofes und kaum vor jemand auf dem Hofe.

Man sah sie entweder, wie sie ihren Jungen ausfuhr oder späterhin an der Hand führte, oder allein, und dann in der Regel in einen großen Shawl gehüllt, je nach ihrer Kleidung verschieden. Sie hielt das Tuch fest um sich. Es war für sie so charakteristisch, daß ich heute noch die Leute davon reden höre, als wäre sie nie anders gesehen worden.

Was trieb sie nun? Sie studierte. Die Litteratur gab sie aus, sie war ihr aus irgend einem Grunde widerwärtig geworden. Sie häutete sich geistig, indem sie sich ganz der Mathematik hingab, der Mechanik, Chemie und Physik, Berechnungen und Analysen anstellte und sich für ihre Zwecke Bücher verschaffte.

Die Leute auf dem Hofe betrachteten sie fast wie ein übernatürliches Wesen; vom ersten Augenblick an hatten sie ihre Schönheit und Feinheit bewundert; so etwas bewundern alle, nur der Grad und die Art ist verschieden. Bald wurde sie ihnen ein Wesen, das über ihre Begriffe hinaus lebte und dachte. Sie suchte niemand von ihnen; aber wer zu ihr kam, erhielt Hilfe ohne Ausnahme – mehr oder weniger. Sie verschaffte sich guten Bescheid; sie hintergingen sie nicht. Gab sie viel oder nichts – es geschah nie aus Bedingungen, niemals mit einer Rede. Ihre Meinung lag in der Summe ausgedrückt. Das Verhältnis des Mannes zu ihr war derart, daß sie nicht hätte dort bleiben können, wenn sie nicht beliebt gewesen wäre. Er bereitete ihr nämlich so viel Verdruß und leistete so viel Widerstand, als er nur vermochte; aber die Leute wehrten das ab.

Konnte der Junge nicht ein Bindeglied werden? Einige behaupteten gerade, daß erst seit Geburt des Kindes das Verhältnis der Eltern sich verschlechtert habe. Als ihn der Vater zum erstenmal sah, kam er, wie die Hebamme bemerkte, wie ein Magnat und ging wie ein Bettler; –die Wöchnerin lachte, und das hatte die Hebamme noch keine Wöchnerin thun sehen.

Hatte er erwartet, daß der Junge niemand anderem als ihm gleichen könnte – und nun sah er das Ebenbild der Mutter?

Sobald der Junge gehen konnte, ging er gern zum Vater hinüber; denn bei ihm gab es viel Seltsames zu sehen, und der Vater nahm ihn freundlich auf. Er unterhielt sich mit ihm und freute sich über seinen Verstand. Nur verschnitt er ihm gern das Haar; die Mutter ließ es frei und lang wie ihr eigenes wachsen, und der Vater verschnitt es. Dem Jungen gefiel es, daß er's los wurde; aber als er etwas älter geworden, verstand er, was der Vater meinte, und da sah er sich vor. Den Sohn ergriff scheue Bewunderung, als die Leute auf dem Hofe ihm Züge aus den sagenhaft ausgeschmückten Berichten des Vaters über seine Riesenkraft und seine Abenteuer zu Wasser und zu Lande erzählten. Aber er fühlte auch das unleidliche Joch immer stärker, das der Vater über ihr Leben legte, ja über alles, was auf dem Hofe lebte. Es wurde des Knaben heimliche Religion, ihm Widerstand zu leisten und der Mutter beizustehen, denn sie litt. Er wollte ihr bis aufs Haar gleichen, er wollte sie decken, sie belohnen; es war ihm nur unendlich lieb, wenn der Vater auch ihn leiden ließ.

Ja, es war sein Stolz, wenn der Vater ihn Raphaella nannte anstatt Raphael, – dies war sein Name; die Mutter hatte ihm den teuersten gegeben, den sie kannte. Niemand durfte die Boote benutzen, niemand fahren, niemand durfte durch den Wald gehen; er wurde abgesperrt. Reparaturen wurden nicht vorgenommen; wollte die Frau eine auf eigene Hand vornehmen, so wurden die Handwerker weggejagt. Kein Zweifel war mehr möglich; er wollte, daß alles zu Grunde ging. Das Gut wurde schlechter und der Wald – ja, die Bewohner des Gutes wußten es, es wurde immer mehr und mehr bekannt, daß der Wald überreif war. Die größten und besten Bäume faulten an; nach und nach würde das mit allen so gehen.

Zwölf Jahre alt, saß Raphael in der Schule beim Propst neben Helene, dem einzigen Kinde des Propstes; sie war vier Jahre jünger als Raphael und ihm so unendlich lieb. Der Propst unterrichtete sie in Religion, dem einzigen, was die Mutter ihren Sohn nicht lehrte. Der Propst erzählte von David. Die Erzählung zog mit Erklärungen und Einschaltungen vorüber. Raphael sah es in Bildern – so hatte die Mutter ihn alles gelehrt. Assyrische Kriegsleute gingen an Stelle von jüdischen; spitzbärtige Kriegergestalten mit schiefen Augen und länglichen Schilden zogen in Scharen vorbei. Blaugrüne Weingärten auf den Hügeln, schlanker Palmen schmächtiger Schatten und staubige Wege. Dann alle in einen Wald, einen Wald mit wohlriechenden Bäumen, da hinein flüchteten die Krieger nämlich – als die Erzählung von Absalon kam.

»Absalon erhob sich wider seinen Vater; denkt wie entsetzlich,« sagte der Probst, der ein gestrenger Herr war, »sich gegen seinen eigenen Vater zu erheben!« Ohne es zu wissen, sah er Raphael an, der blutrot wurde.

Denn Raphael dachte ja an nichts anderes, als kräftig genug zu werden, um sich gegen seinen Vater zu erheben.

»Aber Absalon wurde auch auf eine wunderbare Art bestraft.« fuhr der Propst fort; »Absalon verlor die Schlacht und blieb auf der Flucht durch die großen Wälder an seinem langen Haar hängen. Das Pferd, lief unter ihm weg, und er wurde von einem Spieß durchbohrt. –«

Raphael sah Absalon hängen – nicht in langen assyrischen Kleidern, nicht mit spitzem Bart; nein, zart und jung, in Raphaels enganschließenden Kniehosen; in seiner Sammetbluse und an seinem eigenen roten Haar! Er sah es so deutlich, deutlich, wie das Pferd weiter lief, das graue von daheim, auf dem er heimlich ritt, wenn der Vater Mittagsschlaf hielt. Er sah den dünnen, langen Jüngling sich rundherum drehen und schwingen mit einem Spieß im Leibe. Deutlich, deutlich!

Dieses Bild, über das er mit keinem Menschen sprach, wurde er nicht los. Welch seltsame Strafe, weil er sich gegen seinen Vater erhoben, an seinem eigenen Haar hängen zu bleiben – !

Die Geschichte kannte er ja von früher her; aber niemals hatte er sie beachtet.

An einem Freitag schlug die Geschichte bei ihm ein, am Sonnabend-Morgen erwachte er davon, daß die Mutter sich über ihn beugte, mit ihren allergrößten verwunderten Augen. Das Haar war noch für die Nacht geflochten, die eine Flechte traf seine Nase, davon wurde er munter, noch bevor sie sprach. Sie stand über ihn gebeugt und starrte, wie in Schrecken, auf ihn; sie stand in ihrem langen, weißen, spitzenbesetzten Nachtkleid in bloßen Füßen. Niemals würde sie sich ihm so gezeigt haben, wenn nicht etwas Entsetzliches sie herein gejagt hätte. Weshalb sprach sie nicht, sondern starrte ihn nur an? Oder war es nicht der Schrecken, der sie trieb?

»Mutter!« rief er und richtete sich auf. Da beugte sie sich dicht zu ihm herab und flüsterte: »Der Mensch ist tot.« Sie nannte seinen Vater »den Menschen«; nannte ihn niemals anders. Raphael verstand es nicht oder war wie gelähmt davon. Sie wiederholte laut, lauter: »Der Mensch ist tot. der Mensch ist tot!« und dann richtete sie sich hoch auf, steckte ihre nackten Füße unter dem Leinen hervor und tanzte. Nur ein paar Takte – Dann eilte sie zu der halb offenstehenden Thür hinaus. Er sprang auf und ihr nach. Da lag sie auf dem Sofa und schluchzte. Sie fühlte ihn hinter sich, stand schnell auf, drückte ihn an sich und schluchzte. Er fühlte, wie sie am ganzen Leibe zitterte wie in Krämpfen. – –

Als sie vor seiner Leiche standen, zitterte ihre Hand noch so in der seinen, daß er den Arm um sie schlang: er dachte, sie würde fallen.

Wenn er späterhin daran dachte, verstand er, was sie im stillen ausgehalten hatte, verstand, welchen unbeugsamen Willen sie zum Kampfe eingesetzt hatte, aber auch, was er gekostet hatte.

Jetzt im Augenblick verstand er's nicht. Er meinte, sie litte an dem Entsetzlichen, was sie nun sahen, so wie er litt. Da lag der Riese kümmerlich und elend. Er, der einmal mit seiner Reinlichkeit geprahlt und sie von allen verlangt hatte, lag schmutzig und unbarbiert in fettigen, stinkenden Fellen, in einem Hemd, so zerrissen und unreinlich, daß kein Arbeiter auf dem Gute es schlechter hatte. Die Kleider lagen auf dem Stuhl am Bette, zerschlissen, bekleistert mit Schmutz, Schweiß und Tabak, stinkend wie alles in der Stube. Sein Mund war verzerrt, die Hände geballt; er war an einem Schlagfluß gestorben.

Und wie öde und verlassen war es um ihn herum. Weshalb hatte der Sohn das nicht eher gesehen? Weshalb hatte er nicht gefühlt, wie einsam und verlassen sein Vater war? Man konnte ja gar nicht sagen, wie er es gewesen war.

Raphael fing an zu weinen. Und sein Weinen wuchs, bis es das Zimmer, ja alle Zimmer füllte.

Einer nach dem anderen kamen die Leute vom Hofe herein; sie wollten ihn sehen. Das Weinen des Knaben gab eine so unwillkürliche Erklärung, daß alle eine neue Ansicht bekamen. Der da lag, war unglaublich unglücklich, verlassen, hilflos gewesen. Der Herr sei uns allen gnädig!

Als Harald Kaas' Leichnam hergerichtet war, das Gesicht barbiert, die Augen geschlossen, da gab sich auch die Verzerrung, und da sahen sie das leidende Gesicht, aber auch die männlichen Züge. Sie fanden ihn schön. – –

Wenige Tage nach dem Begräbnis waren Mutter und Sohn in England.

II

Damit begann die lange Studienzeit, für die sie in allen diesen
Jahren unter allerhand Qualen und Entbehrungen Geld gespart, auf
die ihn ihr Unterricht vorbereitet hatte. Kaas hatte das Gut bis aufs
äußerste ausgesaugt hinterlassen, mit Hypotheken belastet, der
Wald nur brauchbar zu Brennholz. Ihr Nachbar, der Propst, ein
tüchtiger, praktischer Mann, übernahm die Leitung. Das Zerstö-
rungswerk mußte sofort beginnen, um Geld zu schaffen; Mutter
und Sohn wollten es nicht sehen.

Sie kamen nach England wie zwei Flüchtlinge, die nach langen,
schweren Prüfungen um ihrer Liebe willen eine neue Heimat, ein
neues Vaterland suchten. Untrennbar und unpraktisch lebten sie in
dem fremden Gewimmel und wurden dadurch womöglich noch
enger aneinander geknüpft. Er war damals zwölf Jahre alt.

Und doch – bald darauf hatten sie ihren ersten Streit.

Er war in die Schule gekommen, hatte Kameraden und ein starkes Bedürfnis, sich hervorzuthun. Er war sehr lang und schwäch-
lich, wollte aber auch gern stark sein. Er legte sich auf Sport, zeichnete sich aber darin nicht aus. Dagegen wußte er, dank seiner Mutter, mehr als die Kameraden, und es glückte ihm, sich damit inte-
ressant zu machen. Die Stellung, die er damit errang, mußte aufrecht erhalten werden. Aber nichts machte so viel Eindruck, als
wenn er von Norwegen und den Thaten seines Vaters fabelte. Er
sagte mehr darüber, als er verantworten konnte; das war nicht allein seine Schuld; er konnte wohl Englisch, beherrschte aber nicht
die Zwischenfarben der Sprache; er brauchte die starken Worte, die
immer bei der Hand sind. Es war wahr, daß sein Vater ihm zwanzig
Gewehre, ein großes Segelboot und mehrere kleine hinterlassen
hatte; aber wie ausgezeichnet waren nun nicht alle diese Gewehre
und Boote geworden! Er wollte wie sein Vater nach dem Nordpol
gehen und Eisbären schießen, ja, lud sie ein, ihn zu begleiten. Innerhalb dieser großen Linie gab er mehr, als er selbst wußte; aber
trotzdem nicht genug; denn es gehörte eine große Portion dazu, sie
jeden Tag zu sättigen. Er mußte geradezu studieren, um es im Gange zu erhalten. So kam es, daß er eines Abends in Gesellschaft der
Kameraden zum Barbier hinunter ging und ohne weiteres ihn sein

ganzes Haar abschneiden ließ. Das mußte doch wahrhaftig eine Zeitlang ausreichen! Das Haar war Gegenstand des Gelächters geworden, es störte ihn in all seinen Spielen, er haßte es. Nach der Erzählung von Absalons Aufruhr und Bestrafung durch das Haar war es ihm auch im geheimen ein Schreckbild geworden. Aber nie vorher war es ihm eingefallen, zu einem Barbier zu gehen und es völlig abschneiden zu lassen. Die Kameraden waren auch ganz entsetzt, der Barbier meinte, das sei Vandalismus; Raphael fühlte schreckliche Stiche im Magen; aber gerade daß es so entsetzlich gefunden wurde, das machte ihm Mut; nun sollten sie sehen, was er sich getraute. Dem Barbier konnte es natürlich nicht einfallen, daß das ohne Wissen der Mutter geschah; aber da er unter der Pension wohnte und vom ersten Tage an das Haar der Mutter und des Sohnes bewundert hatte, so erlaubte er sich, Einwände zu erheben. Dabei wurden die Stiche, die Raphael im Magen fühlte, immer schlimmer. Aber er mußte ja jetzt obenauf sein. »Nur weg damit,« sagte er und saß unruhig auf dem Stuhle. »Ich habe niemals schöneres Haar gesehen.« sagte der Barbier bescheiden, indem er die Schere nahm, aber zweifelhaft stehen blieb. Raphael sah, daß die Kameraden gespannt waren ... »Nur weg damit!« wiederholte er gleichgültig.

Der Barbier schnitt dann so, daß sich das Haar in seiner Hand sammelte und ordnete, und legte es vorsichtig in Papier. Die Knaben folgten jedem Schnitt mit den Augen, Raphael mit den Ohren; in den Spiegel sah er nicht.

Der Barbier war fertig, bürstete Raphael ab und wollte ihm das Haar geben. »Was soll ich damit?« Er bürstete sich etwas die Knie und Arme, bezahlte und ging in Begleitung seiner Kameraden; aber eigentlich Bewunderung zeigten sie nicht.

Beim Gehen hatte er sich ganz flüchtig im Spiegel gesehen und kam sich gräßlich vor. Er hätte gern alles gegeben, was er besaß (es war nicht viel), und hätte gern alle möglichen Qualen über sich ergehen lassen – wenn er nur sein Haar wieder gehabt hätte. Die verwunderten Augen der Mutter erschienen ihm in allen Nuancen, seine eigene Jämmerlichkeit tanzte um ihn, seine Eitelkeit höhnte ihn – das Ende war, daß er sich die Treppen hinauf in sein Zimmer schlich und sich ohne Abendbrot niederlegte.

Die Mutter erwartete ihn vergebens, und als sie eine Andeutung hörte, er wäre vielleicht zu Hause, da ging sie hinauf. Er hörte ihre Tritte auf der Treppe, vernahm, wie sie an der Thür war. Als sie eintrat, lag er mit dem Kopf unter der Decke. Sie zog sie weg... und als er nun einen Schimmer ihres Entsetzens sah, wurde er selbst so verzweifelt, daß die Thränen, die sich in ihm angesammelt, nicht hervorbrachen. Bleich, starr vor Schreck stand sie da. Sie glaubte nämlich zuerst, irgend jemand hätte es ihm aus Bosheit angethan. Als sie aber kein Wort der Erklärung aus ihm herausbekommen konnte, da merkte sie Unrat. Er fühlte, daß sie auf eine Erklärung, eine Entschuldigung, eine Bitte um Verzeihung wartete; er konnte mit dem besten Willen kein Wort hervorbringen. Was wollte er auch sagen, er verstand es selber nicht. Aber jetzt brach er in furchtbares, qualvolles Weinen aus; er krümmte sich zusammen, indem er die Hände um den Kopf spannte, der voller stechender Stoppeln war, er heulte. Als er wieder aufsah, war sie weg.

Ein Kind schläft nach dem Schlimmsten ein. Als er am nächsten Morgen mit den demütigsten Vorsätzen in größter Beschämung hinunter kam, war seine Mutter im Bett geblieben; ihr war nicht wohl; denn sie hatte keinen Augenblick geschlafen! Das mußte er alles hören, bevor er zu ihr hinein ging. Furchtsam öffnete er. Da lag sie elend. Und sein Haar lag auf dem Toilettentisch in einem weißseidenen Tuche. geordnet und gekämmt. Sie selber lag in ihren Spitzen mit gefalteten Händen; große Thränen flossen.

Er war gekommen, um sich über sie zu werfen und sie tausendmal um Vergebung zu bitten; aber etwas sagte ihm sofort, das solle er nicht oder das dürfe er nicht; sie lag wie in Wolken, weit, weit weg. Etwas zugleich Gekränktes und Heiliges hielt sie an einer anderen Statt fest; sie war rührend und erhaben. Er wandte sich still nach der Thür und ging in die Schule.

Sie lag diesen und den nächsten Tag und ließ ihm durch das Mädchen sagen, sie wolle allein sein. – Sie war daran gewöhnt, den Kummer so zu nehmen, und daß er sich gegen sie erheben konnte, das war der größte Kummer ihres Lebens. Er kam auch über sie wie ein Wolkenbruch bei hellem Sonnenschein. Jetzt meinte sie sein Schicksal –und damit ihr eigenes zu ahnen! Die ganze Schuld suchte sie in seinem unglückseligen Erbe vom Vater; sie hatte keinen Begriff davon, daß das unaufhörliche künstlerische Herumpfuschen an ihm und allzuviel intellektuelle Dressur vielleicht die Lust zur Unabhängigkeit in ihm geweckt hatten.

Die ersten Male, wo sie ihn mit dem nackten Kopfe wieder sah, der mehr und mehr die Form des väterlichen bekam, floßen ihre Thränen still. Wenn er dann zu ihr kommen wollte, hob sie ihre feine Hand gegen ihn; er solle nicht. Auch sprach sie nicht mit ihm. Wenn er sprach, sah sie ihn bloß an, bis er in Thränen ausbrach. Denn er litt, was nur einmal gelitten werden kann, wenn die Reue des Kindes neu und deshalb grenzenlos ist. Und wenn sein Verlangen nach Liebe die erste Enttäuschung erfährt.

Als sie ihn aber am fünften Tage auf der Treppe traf – sie kam von oben, er von unten – da blieb sie erschreckt über sein Aussehen stehen. Bleich, mager, scheu war er; daß das Haar weg war, machte es schlimmer, als es vielleicht war.

Fremd und arm blieb auch er stehen mit trostlosen Augen ... da füllten sich die ihren, da streckte sie den Arm aus! Er lag wieder in seinem Paradies, aber sie weinten beide, als müßten sie durch ein ganzes Meer, bevor sie miteinander reden konnten.

»Erzähle mir nun!" flüsterte sie. – In ihrem Zimmer hatten sie sich die ersten zärtlichen Worte gesagt und sich immer und immer wieder geküßt. »Wie konnte das geschehen, Raphael?" flüsterte, sie wieder, ihren Kopf neben dem seinen, sie wollte ihn währenddem nicht ansehen. »Mutter,« antwortete er, »es ist doch schlimmer, daß sie zu Hause in Helleberge den Wald schlagen –«

Sie hob den Kopf und sah ihn an. Sie hatte Hut und Handschuhe abgenommen, zog sie aber jetzt schnell wieder an. »Du, Raphael,« sagte sie. »wollen wir in den Park spazieren gehen? Unter die hohen, alten Bäume, wir beiden?" Sie hatte seine Antwort genial gefunden. –

Aber seit diesem Erlebnis war ihr England und namentlich seine Kameraden zuwider. Sie fand manche Vorwände, um ihn außerhalb der Schulzeit von ihnen fern zu halten. Das fiel ihr leicht; denn teils ging sie seine Aufgaben mit ihm durch, teils besuchten sie zusammen alle Fabriken und alle mechanischen oder chemisch-physikalischen Einrichtungen in der Umgegend; sie liebte eigene

Anschauung und erweckte auch in ihm Lust dazu; Fabriken, die sonst nicht gern Fremden geöffnet wurden – eine hübsche feine Dame mit einem schönen Knaben an der Hand, »die doch nichts vom Ganzen verstanden,« bekamen fast alles zu sehen, was sie wollten. Schwierigkeiten suchte sie durch direkte Bitten bei den Vorgesetzten zu überwinden, und es mißglückte ihr selten. Wenn sie etwas nicht verstand, gab sie sich unglaubliche Mühe und suchte Hilfe. Eine neue Aufgabe war es dann, es Raphael zu erklären, die genußreichste, die sie kannte.

Sie hatte Anlage und Lust dazu, aber für einen dreizehnjährigen Knaben, den es von Kameraden und Spielen fern hält, wurde es bald eine Plage. Kaum bemerkte sie das, so war sie entschlossen; sie verließen England und reisten nach Frankreich. In der neuen Sprache fiel er ihr wieder völlig anheim, sie teilte ihn mit niemand. Sie ließen sich in Calais nieder. An einem der ersten Tage schnitt sie sich das Haar ab. Sie glaubte, es würde auf ihn Eindruck machen, daß sie ihm gleichen und Knabe wie er sein wollte, wo er ihr nicht gleichen wollte. Sie kaufte einen neuen flotten Hut und komponierte eine neue elegante Toilette; denn mit dem Haar mußte alles geändert werden. Als sie aber vor ihrem Sohne wie ein fünfundzwanzigjähriges Mädchen stand, lustig, fast übermütig, da erschrak er nur. Ja, es dauerte eine Zeitlang, bevor er sich darüber klar werden konnte, was das war! So lange er zurückdenken konnte, waren die Augen seiner Mutter von einem Gesicht mit einer Krone eingerahmt gewesen, alles festlicher, schöner. »Mutter,« sagte er, »wo bist du geblieben?«

Sie erbleichte, verstummte, stotterte, daß es so bequemer wäre, daß rotes Haar nicht gut aussieht, wenn es anfängt, die Farbe zu wechseln – und ging in ihr Zimmer.

Da saß sie mit ihrem Haar vor sich und dem seinen daneben; sie weinte. »Mutter, wo bist du geblieben?« Sie konnte antworten: »Raphael, wo bist du geblieben?« – –

Sie war mit ihm überall. Zwei schöne, stilvoll gekleidete Menschen können in Frankreich immer sicher sein, daß sie bemerkt werden, was ihr wohl gefiel. Auf all diesen Ausflügen sprach sie französisch. Er bat sie so dringend, doch wenigstens hier und da etwas zu sprechen, was er verstand. Nein, daraus wurde nichts.

Wieder ging's mit ihm in alle möglichen und unmöglichen Fabriken. So unpraktisch und reserviert sie sonst auch war, um sich den Zugang zu einem Dampfofen zu öffnen, war sie voll List und Koketterie. Sonst so besorgt um ihre Toilette – wenn nur Raphael mechanische Kenntnisse erntete, so kam sie gern beschmutzt und berußt wieder heraus. Schlechter Luft wich sie aus wie der Cholera – aber Raphaels wegen ging sie im Gestank von Schwefelsäure wie in Ozon. »Eigene Anschauung, Raphael, ist das Leben; das andere ist der Schatten davon.« Oder: »Eigene Anschauung, Raphael, ist Speise und Trank; das andere ist –Litteratur.«

Er war nicht ganz gleicher Meinung. Er meinte, Notredame de Paris, wovon er täglich weggewiesen wurde, wäre die köstlichste Mahlzeit, die er je genossen; aber aus *Mazel & fils'* Fabrik heraus stänke Totengeruch. Seine Lektüre... sie hatte ihn selber der Sprache wegen eingeführt und ihm selber geholfen ... jetzt wurde sie eifersüchtig darauf. Er konnte sie nicht dazu bewegen, ihm ein neues Buch anzuschaffen.

Aber er bekam es trotzdem.

Sie waren mehrere Monate dort gewesen, er hatte Lehrer und fing an sich zurecht zu finden – da kam in die Pension eine Witwe von einer der Kolonien und brachte eine dreizehnjährige Tochter mit. Kaum waren die Ankömmlinge zweimal bei den Mahlzeiten erschienen, so versuchte der junge Herr der jungen Dame die Cour zu machen. Das wurde vom ersten Augenblick an sehr gut aufgenommen. Bald amüsierten sich alle in der Pension, daß er die Sprache fließend sprechen lernte, ja zuweilen mit eleganter Wortwahl.

Sie lehrte ihn das ohne Spur von Grammatik, in Anmut, Munterkeit und Geplauder. Ein paar treuherzige Augen und eine junge Stimme waren genug. Und von ihr bekam er heimlich einen Roman um den anderen. Denn heimlich mußte es geschehen. Heimlich hatte Lucie sie in die Hand bekommen, heimlich steckte sie sie ihm zu, heimlich wurden sie gelesen, heimlich kamen sie wieder weg. Beim Unterricht schien er etwas zerstreut; aber sonst verriet nichts seine literarischen Ausflüge; so außerordentlich waren sie ja auch nicht. Frau Kaas sah die Courmacherei ihres Sohnes und lächelte mit den anderen über seine Fortschritte im Französischen; gegen diesen Umgang, an dem sie selber bis zu einem gewissen Grade teilnahm, hatte sie weniger als gegen den in England, von dem sie ganz ausgeschlossen war. Sie nahm öfter Mutter und Tochter auf kleinere Ausflüge mit und hatte ihre Freude daran.

Aber die Romanlektüre, die die beiden heimlich betrieben, zeitigte mit der Zeit merkwürdige Gespräche; sie sprachen über Liebe mit der tiefen Erfahrung, die ihrem Alter eigen ist; noch sicherer urteilten sie darüber, wie eine Ehe sein sollte. Hierbei sagten sie sich vieles, woran sie sich freuten, ja wobei sie zitterten. Als sie sich daran gewöhnt hatten, durch andere von sich selber zu reden, in fremden ihre eigenen Gefühle zu charakterisieren, da fiel es ihnen leicht, das Spiel weiter gehen zu lassen, wenn mehrere anwesend waren. Bevor sie selbst daran dachten, waren sie auf diese Weise mitten drin in einer symbolischen Sprache. Frau Kaas wurde eines Abends darauf aufmerksam, daß das Wort »Rose« in weiterer Ausdehnung gebraucht wurde, als es bei einer Rose möglich war. Gleichzeitig sah sie in ihren Augen das schmachtende Vergnügen Da unterbrach sie mit der Frage: »Was meint ihr mit der Rose. Kinder?«

Wenn jemand in eine Rosenhecke gespäht hätte, wo sie zusammen saßen und sich küßten – was sie niemals gethan hatten! – sie hätten nicht ärger erröten können. –

– Tags darauf hatte Frau Kaas ein neues Logis gefunden, weit weg vom Quai, wo sie jetzt wohnten.

Raphael hatte viel darunter gelitten, daß er von England losgerissen wurde, als er eben von der hohen Leiter herunter geklettert war und sich einfach neben seine Kameraden gesetzt hatte. Aber auf seinen Kummer war nicht die geringste Rücksicht genommen worden. Die bisherige absolute Absperrung von Büchern, die er liebte, war auch beschwerlich gewesen. Aber bislang war er ja in dem fremden Lande und der fremden Sprache hilflos auf sie angewiesen gewesen. *Jetzt* empörte er sich offenkundig. Er ging ohne weiteres in das Hotel zurück, suchte Frau Mery und ihre Tochter auf, als ob nichts geschehen wäre. Das that er jeden Tag, sobald er mit seinen Arbeiten fertig war. Lucie selber wurde nun sein Roman; ihr widmete er alle seine freie Zeit.

Und mehr als das – denn es ging nicht länger an, sich bei der Mutter zu treffen – sie hatten Stelldichein auf dem Quai! Zuweilen kam anstandshalber ein Mädchen mit, zuweilen hielt es sich in der

Entfernung. Bald waren sie an Bord von norwegischen Schiffen, bald segelten sie umher, bald gingen sie unter einige große Bäume. Wenn er sie in ihrem kurzen Kleid aus der Thür treten sah, ihre lebhaften Bewegungen bemerkte und schon aus weiter Entfernung einen munteren Gruß mit Sonnenschirm oder Hut oder mit Blumen bekam, dann war's, als ob die Quais, die Schiffe, die Ballen, die Tonnen, die Luft, der Lärm, der Trubel – als ob alles spielte und sang:

Enfant! si jétais roi, je donnerais l'empire Et mon char et mon sceptre et mon peuple á genoux! und er lief ihr entgegen. Niemals wagte er mehr, als ihre beiden kleinen braunen Hände zu ergreifen, und niemals mehr zu sagen als: »Sie sind sehr süß; sie sind sehr, sehr gut!« – und sie kam niemals weiter als dazu, ihn anzusehen, mit ihm zu gehen, ihn anzulachen und zu sagen: »Sie sind nicht wie die anderen!« – Welche Lebenserfahrung dieses dreizehnjährige Mädchen hatte, daß sie ein so großes Wort aussprechen konnte, das weiß der Herrgott allein und sie. Er fragte nicht danach; dazu war er viel zu fest davon überzeugt, daß es wahr war.

Sie lehrte ihn französisch, wie wenn zwei Vögel sich aus dem Schnabel fressen, oder wie der, der aus einer Quelle trinkt, sich darin zugleich spiegelt. –

Eines Tages, als Mutter und Sohn zusammen frühstückten, sagte sie ruhig zu ihm: »Ich hatte von einer ausgezeichneten Vorbereitungsschule für technische Studien in Rouen gehört. So schrieb ich denn dahin, und hier ist die Antwort; mir gefällt sie in jeder Hinsicht; dir gewiß auch, wenn du sie liest. Ich denke, wir reisen dorthin. Was meinst du dazu?«

Er wurde erst rot, dann bleich, – legte dann sein Brot weg und seine Serviette, stand auf und ging.

Im Verlauf des Tages fragte sie ihn wieder, ob er nicht den Brief aus Rouen lesen wolle. Er verließ sie ohne zu antworten. Später, gerade als sich die Stunde näherte, wo er Lucie am Quai treffen sollte, sagte sie und diesmal bestimmt, daß sie in etwa einer Stunde reisen würden, sie hätte gepackt. Noch während sie da standen, kam der Diener, um die Sachen zu holen. Da fühlte er, wie gut er begreifen konnte, daß sein Vater sie geschlagen hatte. In dem Wagen, der sie nach der Eisenbahn fuhr, war ein Schmerz so groß, daß

sie ihn, meinte er, ebensogut mit einem Messer hätte stechen können. Im Bahncoupé sah er nicht nach ihr hin.

In den ersten Tagen in Rouen antwortete er nicht, fragte er nicht;
– er hatte ihre eigene Taktik angenommen. Er führte sie mit einer
Genauigkeit durch, von der er selber keine Ahnung hatte. Lange
schon hatte er einen kritischen Maßstab an sie gelegt; nun machte
sich die Kritik an all ihre Thaten und Worte; ihr Wesen wurde vom
Geiste der Anklage durchforscht, ihre gemeinsame Vergangenheit
wurde aufgegraben und verwandelt. Die gebeugte Gestalt des Vaters in dem Holzstuhl auf dem haarlosen Fell, in Schmutz und Gestank, – jetzt erhob sie sich gegen sie hier in den reich ausgestatte-
ten, gelüfteten, oft parfümierten Zimmern! Von dem Augenblicke
an, als er an der Leiche seines Vaters gestanden, hatte Raphael das
Gefühl gehabt, daß dem alten Mann unrecht gethan worden wäre.
Er selbst war dazu verführt worden, seinen Vater zu vernachlässi-
gen, ihm auszuweichen, seine Gebote zu umgehen. Früher hatte er
die Schuld auf die Leute des Gutes verteilt; jetzt schrieb er alles auf
die Rechnung der Mutter. Sein Vater hatte sie ja angebetet, und die
Anbetung war zu wildem, selbstverzehrendem Hasse geworden.
Was war geschehen? Er wußte es nicht. Aber daß die Mutter imstande war, aus einem Halbtoten Funken zu schlagen – das fühlte
er. Er sah, wie Lucie mit Blumen gesprungen kam, wie sie den ganzen Weg entlang mit ihren funkelnden Augen nach ihm ausschaute
– immer weiter und weiter, und dann still stand. Er konnte nicht
ohne Thränen daran denken – und wie er da haßte!

Aber Kind ist Kind – ans Leben ging es nicht. Da der Ort neu und
historisch merkwürdig war, da der Unterricht anfing und sie immer
dabei war, ging es vorüber. Aber die Spannung war da; und zwar
auf beiden Seiten. Die Kritik die in England begonnen hatte, verließ
ihn nicht mehr. –

– In den Studien führten sie ein fruchtbares Zusammenleben; er
war ihr Schüler gewesen und endete als ihr Lehrer; sie wollte ihn
begleiten, und diese Begleitung wurde ihm durch ihre fast kleinli-
che Genauigkeit und ihre einsichtsvollen Fragen zur Hölle.

Außerhalb der Studien hatten sie auch gute Stunden; aber eins
wußte so gut wie das andere, daß bei aller ihrer Unterhaltung etwas
außerhalb war, was nie wieder hinein kam.

Vertrugen sie sich, so sah er ihre guten Seiten und ihr aufopfe-rungsvolles Leben; vertrugen sie sich nicht, so sah er das Gegenteil. Vertrugen sie sich, so erfüllte er ihr in der Regel jeden Wunsch; er war im Lande der Höflichkeit und in ihrer Lehre; – war er mit ihr uneinig, so that er das Ärgste, was ihm einfallen konnte. Er ging früh mit schlimmen Kameraden und schweifte zu früh aus. Er war der Sohn das Aufruhrs.

Hinterher hatte er entsetzliche Gewissensbisse. Sie sah es und wollte, daß er merkte, wie sie ihn durchschaute. »Ich merke eine fremde Atmosphäre hier – Pfui! Jemand hat seine Atmosphäre mit deiner gemischt – pfui!« – und dann spritzte sie Parfüm auf ihn. Er glühte wie eine Georgine und hätte vor Scham und Elend gern sei-nen Kopf im Kamin verborgen. Machte er aber den geringsten Ver-such, zu sprechen, so wurde sie steif wie ein Stock, streckte ihre schmale Hand aus; »*Taisez-vous! Des égards, sil vous plait!*« Zu ihrer Entschuldigung sei gesagt, daß sie, so kecke Erzählungen sie auch einmal geschrieben hatte, im Leben ohne Erfahrung war; sie besaß gar nicht die Form für eine solche Vertraulichkeit.

So kam es. daß sie, die einst über sein ganzes Leben und jeden seiner Gedanken verfügen wollte, die ihn mit niemand, nicht einmal mit einem Buche teilen wollte – daß sie nach und nach dazu über-ging, zu nichts anderem in ihm als zu seinen Studien ein Verhältnis haben zu wollen.

Die französische Sprache eignet sich vorzüglich zur Rücksicht-nahme und Diplomatie des Abstandes; daran hielten sie sich; ja vielleicht hatte sie ihnen im Grunde zu dieser Form des Zusammen-lebens verholfen; sie gab weniger Zusammenstöße und war wohl-feiler. Sobald das geringste im Wege war, hieß es: » *Monsieur, mon fils!*« oder kurz und bündig: » *Monsieur!*« – »*Madame, ma mère*« oder kurz und bündig: » *Madame*«

Er sah aus, als sollte er krank werden. Sein schneller Wuchs und die Studien, in denen sie ihn warm hielt, ließen nicht zu, daß er noch außerdem seine Kraft vergeudete.

Aber da geschah etwas!

Eines Tages stand er, neunzehn Jahre alt, in einer französischen Chemikalienfabrik und sah, wie die Hälfte der Triebkraft erspart werden konnte. Es schlug in ihm ein wie ein Blitz. Der Sohn des Besitzers war sein Studienfreund, er hatte ihn eingeführt – ihm vertraute er es an.

Mit fieberhaftem Eifer arbeiteten sie zusammen den Plan zur Ersparnis aus – bis ins kleinste Detail; er war sehr weitläufig, da auch der Betrieb es war. Der Vorschlag wurde wieder vom Besitzer, seinem Sohn und ihren Ratgebern gemeinsam studiert, und man beschloß ihn zu versuchen.

Es glückte vollkommen; weniger als die halbe Triebkraft genügte!

Als alles fertig war, war er nicht da; er war in einer Grube. Seine Mutter war nicht mit; sie begleitete ihn niemals in eine Grube. Kaum war er nach Hause gekommen, da eilte er mit ihr nach der Fabrik, um sein Werk zu sehen. Sie sahen es, erröteten beide über die ehrerbietigen Grüße der Arbeiter. Sie wurden ganz bewegt, als der Besitzer gerufen wurde und sie seine stürmische Freude sahen und hörten. Der Champagner floß für sie zusammen mit starken Worten der Anerkennung. Der Mutter wurde ein prachtvolles Bouquet überreicht.

Betäubt von den Worten und dem Wein, stolz auf die Ernennung zum Genie, schritt er mit seiner Mutter am Arme heim. Er hatte das Gefühl, als wäre er auf der einen – die ganze Welt auf der anderen Seite. Seine Mutter ging mit den Blumen und war glückselig.

Raphael trug einen neuen Überzieher – so recht einen nach seinem Geschmack, sehr lang und mit seidenen Aufschlägen; er freute sich darin. Es war ein heller Wintertag, die Sonne glänzte auf der Seide und glänzte auf noch mehr. »Kein Flecken am Himmel, Mutter!« sagte er. »Und auch keiner auf deinem neuen Überzieher,« fügte sie hinzu; – auf dem alten waren nämlich eine Menge gewesen, und sie hatten ihre Geschichte gehabt. Er war zu groß, um jetzt beleidigt zu werden, auch zu fröhlich. Sie hörte ihn für sich summen; es war die norwegische Nationalhymne. Sie kamen in die Stadt zurück wie aus Elysium; alle Vorübergehenden sahen sie an; die Leute ahnen das Glück. Raphael war auch einen Kopf größer als die meisten und von hellerem Teint, führte eine elegante Mutter mit den Blumen in raschem Gang und sah von einer sonnenbeschienenen Anhöhe mit einem Lichtkranz um den Kopf über den Boulevard.

»Es giebt Tage, an denen man sich wie neugeboren fühlt,« sagte er. »Es giebt Tage, an denen man so viel zunimmt,« sagte sie. Er drückte ihren Arm.

Sie kamen heim, legten ab, sahen sich an. Die Entwürfe zu dem, was sie jetzt ausgeführt gesehen hatten, lagen da, auch einzelne Zeichnungen. Sie nahm sie und wickelte sie zu einem Stabe zusammen. »Raphael!« sagte sie und richtete sich halb lachend, halb zitternd auf: »Knie nieder, ich will dir den Ritterschlag geben!« Er fand es nicht unnatürlich; er that es, »*Noblesse oblige!*« sagte sie und berührte mit der Rolle seinen Kopf.

Dann aber ließ sie sie schluchzend fallen; er mußte aufstehen und sie festhalten! –

Am Abend hatte Raphael mit seinen Kameraden ein munteres Gelage und wurde wild gefeiert. In der Nacht aber lag er in seinem Bett in kompletter Mutlosigkeit. Im Grunde genommen konnte ja das Ganze ein Zufall sein! Er hatte ja so viel gesehen, hatte so viele Kenntnisse; dann war es seine Erfindung. – Aber was? Er war gewiß kein Genie; das mußte eine Übertreibung sein. Ließ sich ein Genie denken ohne Siegesgewißheit? Immer eine Spannung, die die Hingabe verdarb. Immer ein schlechtes Gewissen, ein entsetzlich, abscheulich schlechtes Gewissen. Diese unausrottbare Angst – war sie ein Vorbote? Ging sie auf die Zukunft? – –

Ein halbes Jahr später sammelten sich alle seine zerstreuten Studien um die Elektrizität, – und dies führte sie später nach München.

Unter diesen Studien kam es ganz von selber, daß er anfing zu schreiben. Die Studierenden hatten einen Verein, und hier mußte er etwas leisten. Aber was er schrieb, war so eigentümlich, daß man ihn aufforderte, es dem Professor zu zeigen, und dieser ermunterte ihn sehr. Der Professor brachte auch seinen ersten Aufsatz zum Druck. Eine norwegische technische Zeitschrift nahm einen seiner späteren Aufsätze an, und dies wurde der äußere Anlaß dazu, daß seine Gedanken sich wieder um Norwegen sammelten.

Norwegen war ihm das verheißene Land der Elektrizität, mit seinen unzähligen Wasserfällen kann die ganze Welt versorgt werden! Er sah das Land in der Winternacht liegen, von elektrischem Glanz umglüht, er sah es auch als eine Weltfabrik mit Schiffen vor sich. Nun hatte er doch eine Aufgabe, die eine Heimreise lohnte.

Seine Mutter teilte seine Vaterlandsliebe nicht und hatte nicht das Bedürfnis, in Norwegen zu leben. Aber das Geld, das sie zu seiner Ausbildung gespart hatte, war längst aufgebraucht, das Gut hatte seinen Teil verschlungen. Ertrag gab das Gut nicht; es war ja im wesentlichen Waldbesitz, und der Wald war minderjährig.

Also nach Hause! Ein paar Jahre auf Helleberge allein sein, das war gerade das, was er wünschte.

Aber jedesmal, wenn der festgesetzte Abreisetermin herankam, war etwas im Wege.

Zuerst war er gerade mit einer kleinen Erfindung beschäftigt, für die er ein Patent haben wollte. Bisher hatte er nur Ideen entworfen, die andere ausgenutzt hatten; jetzt sollte es anders werden. Die Erfindung wurde patentiert, und das Patent einem Agenten zum Verkauf übertragen. Aber noch reisten sie nicht – was war im Wege? Eine Erfindung mit neuem Patent, leichter verkäuflich als das erste, das leider nicht ging. Auch dieses Patent wurde angenommen, auch dieses kostete Geld und wurde zum Verlauf übergeben. Konnte er jetzt nicht reisen? Ja, das könnte er wohl.

Aber Frau Kaas merkte bald, daß es nicht Ernst war. Da nahm sie einen jungen Verwandten zu Hilfe, Hans Raon – er war Ingenieur wie die meisten Raone. Hans Raon gefiel Raphael ausgezeichnet, weil er selber von Temperament ein Raon war, was er nicht gewußt hatte; es war eine ganze Entdeckung. Er hatte geglaubt, die Raone wären wie seine Mutter, hörte aber nun, daß gerade sie eine Ausnahme war.

Zu Hans Raon sagte Frau Kaas gerade heraus, nun *müßten* sie reisen! Der Tag war auf den letzten Mai festgesetzt, und das sollte er erzählen; denn Frau Kaas meinte, es würde die Abreise beschleunigen, wenn der Termin allgemein bekannt wäre.

Hans Raon erzählte die Neuigkeit allen, teils weil es sein Fach war, teils weil er wollte, daß etwas geschehe, daß z.B. ein Abschiedsgelage veranstaltet würde, das seinesgleichen suchte.

Ein Abschiedskommers kam auch wirklich unter allgemeiner Beteiligung zustande und endete damit, daß die ganze Gesellschaft in geordnetem Zuge den Ehrengast bis an seine Wohnung begleitete. Hierbei stießen sie mit einer Anzahl von Offizieren zusammen, die auf gleiche Weise heimzogen; bald hätte es Streit gegeben; aber sie versöhnten sich, und die Ingenieure riefen Hoch für die Offiziere, die Offiziere für die Ingenieure. Tags darauf stand die ganze Geschichte von den beiden Gesellschaften und ihrem Zusammenstoß in allen Zeitungen.

Dies zog Folgen nach sich, die Frau Kaas sich nicht hatte träumen lassen.

Zuerst eine sehr behagliche. Der Professor, der Raphaels ersten Versuch zum Druck gebracht hatte, hielt mit seiner Familie in einem Wagen vor Frau Kaas' Wohnung; er stieg die Treppe herauf und fragte, ob sie nicht in ihrer Gesellschaft noch einmal die Sehenswürdigkeiten der Umgegend in Augenschein nehmen wolle, Sie fühlte sich geschmeichelt und fuhr mit ihnen. Unterwegs sprachen sie ja nur von Raphael. Teils von seiner Person, er war ja der Liebling aller Damen, teils von der Zukunft, der er entgegenging; der Professor meinte, er habe nie einen begabteren Schüler gehabt. Frau Kaas saß da mit einem ausgezeichneten Doppelfernglas; so oft sie bewegt wurde, setzte sie es vor die Augen, und ihre Lobeserhebungen flossen über die Architektur und die Landschaft wie Sonnenschein. Die kleine Gesellschaft speiste zusammen und fuhr am Nachmittag wieder heim.

Als Frau Kaas ihr Zimmer betrat, empfing sie starker Blumenduft. Einige von ihren Bekannten, die den Termin ihrer Abreise vorher nicht gewußt hatten, wollten beide auch feiern. Im übrigen hätte es den ganzen Vormittag geklingelt, erzählte das Mädchen.

Kurz darauf kamen Raphael, Hans Raon und ein paar Familien; sie wollten zusammen zu Abend essen. Der Verlauf des letzten Patents schien zu glücken; man mußte die Begebenheit im voraus feiern! Frau Kaas war in ausgezeichneter Laune, als sie ausgingen. Draußen war der Frühjahrsabend so herrlich, daß er in ländlicher Luft genossen werden mußte – also weit weg aus der Stadt!

Sie aßen im Freien? um sie herum eine Masse Menschen, Die Musik spielte, man war heiter, nach Einbruch der Dämmerung herrschte eine weiche, wogende Stimmung. Als die Lampen angezündet waren, hatten sie auf der einen Seite den Lichtglanz über einer großen Stadt, auf der anderen Halbdunkel mit funkelnden Punkten – und das wurde in den Abschiedsreden bildlich angedeutet.

Da strichen ein paar Damen langsam an Raphaels Stuhl vorbei. Frau Kaas saß ihm gegenüber und sah es; er nicht. Ein Stück weiter standen sie still und warteten, aber ohne daß sie beachtet wurden. Dann wieder zurück, dicht an seinem Stuhl vorbei, langsam. Wiederum vergebens.

Das verstimmte Frau Kaas. Ihr Schweigen lag wie ein leichter Schleier über der Gesellschaft; sie brachen auf.

Am nächsten Vormittag – Raphael war wieder des Patentes wegen unterwegs – klingelte es; das Mädchen kam mit einer Rechnung, die schon gestern präsentiert worden war. Die Rechnung kam von einem größeren Restaurateur und war durchaus nicht klein. Frau Kaas hatte keine Ahnung davon, daß Raphael etwas schuldete – und noch dazu einem Restaurateur! Sie ließ antworten, ihr Sohn sei mündig und sie nicht sein Kassierer. Es klingelte wieder, und das Mädchen kam mit einer neuen Rechnung, die ebenfalls schon gestern präsentiert war; sie kam von einem bekannten Weinhändler; auch sie war nicht klein. Es klingelte, und es war eine Blumenrechnung, eine beträchtliche Summe. Auch diese war schon gestern dagewesen. Frau Kaas las sie einmal, zweimal, dreimal, viermal; es wollte ihr nicht in den Kopf, daß Raphael für Blumen schuldete – wozu hatte er sie gebraucht? Es klingelte, es kam eine Rechnung von einem Goldschmied. Jetzt wurde Frau Kaas von dem Klingeln und den Rechnungen so nervös, daß sie die Flucht ergriff. Hier lag also der Grund, daß Raphael nicht abreisen wollte; er hing fest! Deshalb diese Eile mit dem Verkauf des Patentes; er wollte sich loskaufen.

Kaum hatte sie die Hausthür hinter sich, als eine kleine, bescheidene alte Dame an sie herantrat und furchtsam fragte, ob sie vielleicht Frau von Kaas wäre? Auch eine Rechnung, dachte Frau Kaas und nahm die Dame in Augenschein. Sie war mager, eine geplünderte Rosenhecke mit ein paar letzten, welken Blüten; sie schien arm und unerfahren in allem außer der Demut.

»Was wollen Sie von mir?« fragte Frau Kaas teilnahmsvoll, bereit, diese Arme sofort zu bezahlen, wie viel es auch wäre. Die Kleine bat tausendmal um Verzeihung; aber sie wäre eine Beamtenwitwe und hätte in der Zeitung gelesen, daß der junge Herr von Kaas abreisen wollte, und darüber wären sie und ihre Tochter so verzweifelt, daß sie beschlossen hätte, zu Frau von Kaas zu gehen, als zu der einzigen, die – – – hier fing sie an zu weinen.

»Was will Ihre Tochter von mir?« fragte Frau Kaas in etwas weniger mildem Tone. »Auch tausendmal um Verzeihung, gnädige Frau!« – ihre Tochter wäre mit Hofrat von Rathen verheiratet – »seiner großen Schönheit wegen;« ach, sie wäre so unglücklich, denn Hofrat von Rathen trinke und sei brutal. Auf einem Künstlerfest hätte Herr von Kaas sie getroffen – »und dann wissen Sie, zwei so junge, reizende Leute –" Sie sah zu Frau Kaas auf wie aus einem Kellerfenster in Regenwetter.

Aber Frau Kaas hatte ihre ganze schroffe Haltung wieder angenommen; hoch oben aus der zweiten Etage hörte die kleine Arme; »Was will Ihre Tochter von meinem Sohne?« – »Tausendmal um Verzeihung!« aber sie wären auf den Gedanken gekommen, daß ihre Tochter mit nach Norwegen reisen könnte. Norwegen wäre ja ein so freies Land – »und die zwei jungen Leute haben sich so gern!« – »Hat er ihr etwas versprochen?« fragte Frau Kaas kalt. »Nein, nein nein!« klang es erschrocken, »nein, nein, nein!« Mutter und Tochter wären heute darauf verfallen, als sie in der Zeitung lasen, daß der junge Herr von Kaas reisen sollte. Herr Gott im Himmel, wenn ihre Tochter auf einmal all ihre Leiden los werden könnte! Frau von Kaas könnte sich gar nicht vorstellen, was für eine treue Seele ihre Tochter wäre, welche zärtliche Gattin...

Frau Kaas eilte auf den anderen Fußsteig hinüber, nicht gerade wie jemand, der seinem Hute nachläuft; aber die kleine Dame, die wieder mit gefalteten Händen und furchtsamen Augen im Schatten stand, glaubte, sie wäre schneller als die Hoffnung der Armen. –

Auf dem anderen Fußsteig stand ein junges, hübsches Blumenmädchen und wartete auf die elegante Dame, die hinüber eilte: »Bitte, gnädige Frau! –« Noch eine! dachte das gejagte Menschenkind, sie sah sich nach einer Rettung um, schnell, schnell eilte sie die Straße hinauf – als eine andere Dame gerade vor ihr auftauchte und die Augen merkwürdig fest auf Frau Kaas richtete. Da rettete sie sich in eine Droschke. »Wohin?« fragte der Kutscher, er sah ihre Eile. Daran hatte sie nicht gedacht, aber resolut antwortete sie. »Bavaria!« Sie hatte sich wirklich mit dem Gedanken getragen, vor ihrer Abreise noch einmal von dem hohen Haupte der Bavaria aus die Stadt und die Umgegend zu betrachten. Draußen waren viele Menschen; aber die Reihe hinaufzusteigen kam schnell an Frau Kaas. und als sie gerade den Kopf des Riesenweibes erreicht hatte und hinaus sehen wollte, hörte sie hinter sich eine Dame flüstern: »Das ist seine Mutter!« Vielleicht waren im Kopf der Bavaria noch mehr Mütter als Frau Kaas; aber sie raffte ihre Kleider zusammen und eilte schnell hinunter. –

Raphael kam nach Hause, um seine Mutter zum Mittagsessen abzuholen. Er war in strahlender Laune, er hatte sein Patent verkauft. Aber seine Mutter fand er in der äußersten Sofaecke mit dem Doppelfernglas in der Hand. Als er sie anredete, antwortete sie nicht, aber richtete das Fernglas auf ihn, die kleinen Gläser nach außen, die großen an ihren Augen; sie wollte ihn so weit wie möglich von sich weg haben.

III

An einem heiteren Abend zu Anfang Juni verließen sie in Christiania den Dampfer und bestiegen das Boot, das sie nach Helleberge befördern sollte. Sie kannten niemand von den Leuten, trotzdem sie vom Gute waren; das Boot war auch neu. Aber die Inseln, zwischen denen sie bald darauf hindurchfuhren, waren die alten. Sie hatten lange auf sie gewartet und waren hinausgeschwommen, um sie zu empfangen; jetzt machten sie, eine nach der anderen, Platz, sodaß das Boot vorwärts kommen konnte.

Sie sprachen nicht mit den Leuten, auch nicht miteinander daraus errieten sie ein jedes ihre Stimmung, daß sie nämlich beide bange waren. Es kam so auf einmal! Der heitere Abendsonnenglanz über Meer und Inseln, der würzige Duft vom Lande, das geschäftige Keuchen eines kleinen Küstendampfers, nichts tröstete. Jetzt, da es ihnen ans Leben ging, erhoben Gefühle der Verantwortlichkeit, alte und neue, ihr Haupt. Wie waren die Verhältnisse, in die sie jetzt eintraten, und wie paßten sie jetzt hinein? Bald hatten sie den schmalen Trakt passiert, der in die Bucht führte, und die letzte Landspitze vor Helleberge ... da lag die grüne Rundung, mit den Häusern in der Mitte, vor ihnen. Früher waren die Gipfel gekrönt, dunkel von üppigem Wald, breit im Schatten ... jetzt lagen sie da, abgeschabt, eingesunken, formlos, mit einem hellen Grün überschmiert, das nicht überall Wurzel gefaßt hatte. Alles, was die Gipfel früher eingerahmt hatten, war mit ihnen flachgedrückt, war zusammengeschrumpft – nicht an Ausdehnung, aber an Aussehen; die beiden hatten keine Lust es anzusehen. Sie erinnerten sich, wie es früher war, und fühlten sich selber mager und gerupft.

Die Häuser frisch abgeputzt, aber klein im Vergleich mit denen, an die sie sich erinnerten. Niemand am Landungsplatz, um sie abzuholen; oben vor dem Söller ein paar verlegene oder vielleicht mißtrauische Gestalten. Sie gingen in die alten Zimmer der Frau Kaas, oben und unten; sie waren in demselben Zustande, wie sie sie verlassen hatten. Aber wie verblichen und unansehnlich sie geworden waren! Ein Tisch war gedeckt; er bog sich unter der schweren Last von Speisen, als gälte es eine Bauernhochzeit. Die alten Linden – verschwunden. Da weinte Frau Kaas.

Da erinnerte sie sich auf einmal an etwas: »Gehen wir in den anderen Flügel!« Sie sagte das, als ob sie sich dort wiederfinden sollten. Im Söller nahm sie Raphaels Arm; er wurde gespannt.

Die Zimmer seines Vaters waren für ihn ganz neu eingerichtet. Im großen wie im kleinen spürte er ihren Geschmack – eine lange, heimliche Arbeit, also ein weitläufiger Briefwechsel, eine große Geldausgabe. Wie war hier alles neu und frei! Die Räume dem Leben, das hier gelebt worden, ebenso entfremdet, als sie es mit ihm versucht hatte.

Die beiden führten noch am Abend ein gemütliches Gespräch, sie unternahmen später längs dem Strande einen feierlichen Spaziergang. Die mattblinkende Bucht redete wieder zu ihnen in ihrer alten Sprache; die Sommernacht senkte in Dämmerungsvertraulichkeit den Himmel auf sie herab.

Am Morgen des nächsten Tages ruderte er über die Bucht, den Spielplatz seiner Kindheit. Trotzdem die Berggipfel halb eingesunken und völlig abgeschunden waren, war es ihm eine unbeschreibliche Freude, wieder da zu sitzen. Unbeschreiblich durch die Einsamkeit, die Stille; niemand und nichts drängte sich störend irgendwoher hinzu. Nach langjährigem Aufenthalte in großen Städten in einer norwegischen Bucht allein zu sitzen, das heißt, vormittags vom lärmenden Markte in eine hochgewölbte Kirche eintreten, in der man keinen Laut von draußen hört; und außer seinen eigenen Schritten keinen Laut innerhalb. Heilig, heilig, Reinigung, Versinken, Andacht – aber in einer Erleuchtung und Freiheit, die keine Kirche besitzt. Das Vergangene weicht zurück und damit die Zeit überhaupt. Es war hier, als wäre er auch gestern und vorgestern hier gewesen. Außer hier wußte niemand von ihm.

Unbeschreiblicher Friede durch die Stimmungsfülle, in die er dabei versank; niemals hatte er eine reichere gefühlt. Eine neue Art von Empfindungen, Schönheitseindrücke aus der Kindheit, die er völlig vergessen, deren er sich anders erinnert hatte, schwebten ihm entgegen, sprachen ihn an wie wiedererkennende frohe Geister.

Eine neue Art Gebirgslinien, ein alter lieber Duft, Farben, die auf ungeahnte Weise nebeneinander standen, ein Himmel, der zwar näher aber doch zurückhaltender war; die Lichtwirkung in kälterem Stoff, aber feiner, leichter. Nirgends eine breite Fläche, eine endlose

Fortsetzung; nein, mannigfach, vielgestaltig, kurz, abgebrochen, unruhig, dadurch einzig frisch, er möchte sagen aufrührerisch.

Mehr und mehr floß das mit seinen Erinnerungen und ihm selber zusammen; er hatte Natur dafür! Nach jedem Ruderschlag ruhte er; fühlte sich jedesmal wie auf einem Schoß. Das Boot fuhr weiter; er kümmerte sich nicht, wohin ... bis er Ruderschläge hörte, die nicht Wiederhall der seinen waren; sie folgten wieder, der eine auf den anderen. Er wandte sich um. –

– Oben trat gerade Frau Kaas mit ihrem prächtigen Doppelfernrohr auf den Altan heraus. Sie hatte Kaffee getrunken und sich an der Aussicht über Bucht, Inseln und Meer erfreut; Raphael war schon im Boot zu sehen. Dort draußen, ja, da war er; – sie setzte das Fernrohr vor die Augen in dem Augenblicke, als ein weißangestrichenes Boot seinem braunen geteerten entgegenfuhr. Das weiße ruderte eine Dame in hellem Kleide ... *grand Dieu*, hier giebt es also auch Damen! Raphael hielt an, d. h. beide zogen die Ruder ein, während die Boote aneinander vorüberglitten.

Frau Kaas sieht unter dem dunkeln Haar der Dame den starken Hals; aber ein breitkrempiger Strohhut verdeckt ihr Gesicht. Da stößt Raphael seine Ruder ins Wasser und hält vor ihr. und sie stößt die Ruder ins Wasser und hält vor ihm. Kennen sie sich denn? Sobald sie wieder Seite an Seite sind, erfaßt Raphael ihr Boot und zieht es näher, und da giebt er ihr die Hand, und sie giebt ihm die Hand! Frau Kaas sieht Raphael im Profil, und so deutlich, daß sie die Bewegungen seiner Lippen erkennen kann; er lacht! Der Hut verbirgt immer noch das Gesicht der Dame, aber sie sieht ihre üppige Brust und sieht einen kraftvollen Arm aus dem Halbärmel hervortreten. Ihre Hände geben nicht los, jetzt lacht er, daß sein breiter Rücken schüttert, – was ist das, was ist das ...? Ist jemand von München nachgereist?

Frau Kaas kann nicht mehr still sitzen; sie geht ins Zimmer, legt das Fernrohr weg, eine große Angst erfaßt sie, sie verfällt in hilflosen Zorn. Es dauert eine Weile, bis sie es über sich gewinnt, wieder das Fernrohr zu ergreifen, hinaus zu gehen und weiter zu beobachten.

Die Dame hatte ihr Boot gewendet; jetzt fuhren sie beide Seite an Seite landwärts, sie ebenso schnell als er. Sobald Frau Kaas nach

ihrem Sohn sah, lachte er, und das Gesicht der Dame hing unver-
wandt an dem seinen. Da machten sie eine Biegung, sie fuhren nach
dem Landungsplatz der Pfarre. War es Helene? Die einzige Dame
im Umkreis von einer Meile, und diese einzige Dame hatte Raphael
gleich am ersten Tage nach seiner Heimkehr eingefangen.

Diese Damen, die ihn nicht sehen können, ohne es gleich auf ihn
abzusehen.

Da legt das Boot an – nicht am Landgang, die Steine sind Wohl
schlüpfrig; nein, sie rudern ihre Boote, so fest sie nur können, den
lehmigen Strand hinauf. Schnell und leicht springt sie ans Ufer, jetzt
er etwas schwerer – und da geben sie sich die Hand. Die ›Dame‹
steht fertig!

Frau Kaas wandte sich ab. Jetzt wußte sie, daß sie selbst vor einer
Weile ein altes Möbel geworden, das aus den Vorsaal geräumt wird.
–

Es war wirklich Helene. Sie wußte, daß sie gekommen waren, sie
wollte an dem Gute vorbei fahren und dabei traf sie ihn, der bloß
um zu rudern gerudert hatte. Als sie beide die Ruder eingezogen
und die Boote lautlos an einander vorüber glitten, dachte er: »Die
da? – Sie ist nicht hier aufgewachsen; dazu ist ihr Wesen in zu großem Stil. In ihr ist nicht der Geist dieser Gegend.«

Er sah nämlich in ein Gesicht mit festen Bogen, großen grauen,
tief liegenden Augen. Ein ruhiges, klares Gesicht – und auf einmal
huschte der Schalk darüber! ... Das erkannte er wieder, das hatte
ihm seiner Zeit wohl gethan. Die erste Empfindung bei allem Wiedererkennen, bei aller Erinnerung (d. h. wenn dazu Gelegenheit ist)
ist die, ob das, was wir wieder wiedererkennen oder woran wir uns
erinnern, uns wohl oder weh gethan. Dieser große Mund, diese
gesunden Augen, in denen jetzt der Schelm sitzt, sie haben ihm nur
wohl gethan ... »Helene!« rief er und stieß seine Ruder ins Wasser,
um zu halten; »Raphael« antwortete sie feuerrot und stieß auch ihre
Ruder ein. Eine gedämpfte Altstimme.

– – Als er zum zweiten Frühstück nach Hause kam und strahlend
erzählte, begegnete er zwei großen Augen, die deutlich sagten:
»Hast du mich schon in den Vorsaal gestellt?«

Er wurde ganz rasend. Während des Frühstücks teilte sie ihm gleichgiltig mit, daß sie nun zum Propst fahren wolle, um ihm für die Beaufsichtigung des Gutes in all diesen Jahren zu danken. Er antwortete nicht. Daraus schloß sie, daß er nicht mitfahren wollte. Es verging geraume Zeit, bis sie fortfahren konnte; das Fuhrwerk war neu, der Stallknecht auch neu und ungeübt. Um Raphael kümmerte sie sich nicht.

Beim Propste wurde sie mit der größten Ehrerbietung und doch sehr herzlich empfangen. Der Propst war ein schöner alter Mann, ein gebieterischer Praktiker; seine Frau war eine tiefere Natur. Beide leugneten, daß ihnen die Aufsicht Scherei gemacht habe, nur einen behaglichen Zeitvertreib, den jetzt Helene übernommen habe. Helene? Ja, das war so gekommen; der erste Verwalter von Helleberge war Agronom und Forstmann bei einem großen Werke gewesen, das damals freiwillig Konkurs machte. Zu ihm faßte Helene eine so große Zuneigung, daß sie ihn in ihrer freien Zeit überall begleitete; er war auch ein ausgezeichneter alter Mann. Auf diesen Wanderungen lehrte er sie, was er selber wußte; er hatte eine eigene Begabung dafür. Ihr wurde es eine Entwicklungssache, denn so bekam sie etwas, wofür sie lebte. Nach und nach hatte sie die ganze Aufsicht übernommen; es war ihr Leben.

Frau Kaas bat Helene zu grüßen und ihr zu danken. Aber Helene wäre ja eben mit Raphael ausgegangen –! »Das ist ja wahr!« sagte Frau Kaas, sie mußte thun als wüßte sie es; aber sie bat sofort um ihren Wagen.

Zu dieser Zeit waren die jungen Leute dabei, den Berggipfel zu erklimmen. Sie gingen das Flußbett entlang, sie voran, er hinterher. Das war sicher, daß Helene im Walde aufgewachsen war! Wie geschmeidig ihr kräftiger Körper war; und die Art, wie sie sich anstellte, wenn sie über einen Bach hinüber mußte, einen Abhang hinauf, durch eine Hecke junger, starrender Nadelbäume, die sie nicht hindurch lassen wollten ... oder wenn sie in einem Schieferbruche, deren es hier so viele gab, lavieren sollte. Der Aufstieg vom Fluß aus war der geradeste und amüsanteste! deshalb mußten sie ihn einschlagen. Raphael wollte ja nicht hintanstehen, er war ihr auf den Fersen; aber welche Anstrengung kostete das nicht! Teils hatte er keine Übung, teils – »Hier ist es etwas schwierig, hinüber zu kommen,« sagte sie; ein Baum war beim letzten Regenwetter gestürzt; oben hing er mit der Wurzel fest, und hier sperrte er ihnen den Weg. »Halt dich nicht daran; er kann nachgeben und uns mit sich ziehen.« – Endlich doch etwas, was sie schwierig findet, dachte er. Er sah sie den Stamm entlang vorwärts manövrieren, ohne sich darauf zu stützen. Er sah, wie sie sich eine Weile vor dem ersten starrenden Aste bedachte, über den sie mußte, dann aber die Kleider bis ans Knie hob – dann hinüber, schnell, schnell, über den nächsten auch – und dann über den Stamm selber, sobald zu oberst kein Ast mehr im Wege war. Dann schräg über die Anhöhe, bis sie oben stand und ihm zusah, wie er ihr nachkletterte.

Ihm kostete es entsetzliche Anstrengung. Der Atem wollte nicht mehr mit. Der Schweiß strömte an ihm herunter. Als er gleich hinter ihr oben ankam, wurde es ihm schwarz vor den Augen – wenn auch nur eine halbe Sekunde lang, es war doch genug, um ihn den Umfang ihrer Gesundheit erkennen zu lassen. Sie stand da und sah ihn an. Sie war rot, warm, mit heiterem Glanz in den Augen und rasch steigender, rasch sinkender Brust; aber zweifellos hätte sie sofort ebenso weit und ebenso wacker weiter klettern können. Er brachte kein Wort hervor; sie sagte: »Nun mußt du dich umwenden und aufs Meer sehen.«

Die Worte wirkten auf ihn, als sagte sie der große Pan dort weit hinten von den Bergen her; – die Berge fielen ihm zu gleicher Zeit ins Auge. Die Worte quollen ihm aus der Natur, die ihn umgab, sie strichen an ihm herunter mit eiskalter Hand und wieder empor mit warmer – und danach wurde er ein anderer!

Denn er hatte sich verirrt – sich in sie verirrt, während sie ihn das Flußbett herauf und über die Hügel führte. Immer und immer empfing sie Verstärkung vom Walde; sie wurde hoher, geschmeidiger, sie wurde mächtiger. Die Wärme der Augen, die Fülle der Stimme, die Bewegungen, die Formen, der seelenvolle Blick lockten ihn in der Thaltiefe und bei dem Brausen des Flusses; und die Verirrung stieg mit dem Anstieg und seiner Hitze. Kein Ballsaal und kein Spielplatz, keine Turn- oder Reitschule kann die Kraft des Körpers, kann das Durchblinken des Geistes darin so zeigen, die Einheit des Wesens so offenbaren, wie das Klettern über Hügel und Abhang. Schließlich wurde er berauscht, er dachte: nun klimme ich ihr nach, eine Leiter zum höchsten Glücke hinauf. Dort oben, dort oben! Ihre Keckheit in seiner Gesellschaft, ihr Unbekümmertsein um das. was er sah, berauschte ihn. Dort oben, dort oben!

Aber noch weiter hinauf, und sie wurde feuriger und er kläglich.

Und dort oben, dort oben – da wurde ihm schwarz vor den Augen; ein paar Sekunden vermochte er sich nicht zu rühren, ein paar weitere konnte er nicht reden; aber da sagte sie: »Nun mußt du dich umwenden und aufs Meer sehen!« Man sagt, daß Frauen, die gebären, in demselben Augenblick neues Blut bekommen; jeder Tropfen ist sofort ein anderer. Etwas Ähnliches widerfuhr ihm. – Das Gesicht, mit dem er bis hier oben sah, die Sinne, mit denen er bis hier oben fühlte – hier waren sie verwandelt. Das Neue entsprach dem, was die Berge da weit hinten sprachen; er erinnerte sich an sie aus seiner Kinderzeit. Das entsprach dem Meere vor ihm, dem Meere mit den Inseln, dem Meere weit hinter den Inseln, dem Meere weit in die große Welt hinaus, das Willen und Lebensgeschicke, die ganze Erde umspült. Das Meer lag matt glänzend in der Nachmittagssonne und starrte auf das unregierliche Land vor sich wie auf einen Lieblingssohn, der Lebenskraft hat. Halt dich ans Große! Sonst wird deine Kraft dein Untergang.

Und einige von den Entdeckungen, die ihm zugehörten, dämmerten halbklar; sie lagen draußen, und es beruhte auf ihm, ob er sie eines Tages hier in die Bucht hereinbrachte.

»Woran denkst du?« sagte sie. Da verließ es ihn, alles. Da war er nur hier, nur hier. Er fühlte, wie rund und warm ihre Altstimme war. Vor einem Augenblick hätte er es ihr sagen können und mehr noch, als eine Einleitung zu noch mehr. Jetzt setzte er sich, ohne zu antworten. Sie setzte sich auch. »Ich gehe so oft hier herauf.« sagte sie, »um das Meer zu sehen. Von hier oben wird es doch Ursprung und Tod. Unten ist es nur Schiffsbahn.«

Er lächelte. Sie fuhr fort: »So ist es mit dem Meere; es kann einer hier herauf kommen, womit es auch sei – hier oben ist es bald weg. Auf der Fläche da geht es weit hinaus in etwas anderes.«

Er sah sie an. »Ja, das ist wahr,« sagte sie und errötete. – »Ich zweifle durchaus nicht daran.«

Aber sie verstand die ganze Gedankenreihe. »Du siehst auf die Setzlinge dort?« – »Ja.« – »Du mußt wissen, daß voriges Jahr so trockenes Wetter war, daß hier oben fast die ganze Pflanzung verging. Auch sonst noch hier auf den Gipfeln, wie du siehst.« Sie zeigte. »Wenn einer in die Bucht fährt so sieht es so häßlich aus. Ich dachte gestern wohl daran. Aber dann dachte ich auch, gleich wenn er ans Land gekommen, da soll er auch sehen, daß er uns unrecht thut. Denn giebt es wohl etwas Herrlicheres als solch einen Kiefernsetzling, wie er da in seiner Vertiefung steht? Nein, sieh die Farbe, die ist so gesund, so klar. Und diese barschen Stecken da! Und dies kleine Ding da!« – Helenes Stimme änderte sich nach dem Inhalt. »Aber der dort ist doch das Hauptstück!« Sie klomm dorthin und er hinterher. »Siehst du ihn. Schon zwei Äste, und was für Äste!« Sie kniete vor ihm. »Der Junge hat Eltern gehabt, mit denen er Staat machen kann. Denn hier hat der eine ebensoviel und ebensowenig Schutz als der andere. – Nein, die widerwärtige Fliege!« Sie war bei dem armen Kinde nebenan, das nahe daran war, eingesponnen zu werden. Sie befreite es und erhob sich, um mit nasser Erde wieder zu kommen, die sie vorsichtig um den Keim legte. »Das arme Ding braucht gewiß Wasser, trotzdem es erst neulich ganz fürchterlich geregnet hat.« – »Bist du oft hier oben?« – »Ohne das wird nichts daraus.« Sie sah ihn prüfend an: »Du glaubst vielleicht nicht, daß mich das kleine Volk kennt? Doch, jeder einzelne. Bleibe ich lange weg. so gedeihen sie nicht; bin ich oft bei ihnen, werden sie frisch.« Sie kniete, auf die eine Hand stützte sie sich, mit der anderen jätete sie Unkraut. »Die Spitzbuben!« sagte sie, »die von meinen Setzlingen stehlen wollen.«

Wenn es nun ein kleines Menschenkind gewesen wäre, das so sprach – ein kleines Menschenkind mit flinken Augen und frohem Mund; – aber Helene war ein großes Menschenkind; ihre Augen waren nicht rasch, sie verweilten da, wo sie hinfielen. Der Mund war groß und behandelte die Worte behutsam in vollem Ernst. Wenn einer das, was sie sagt, schnell, lebhaft gelesen hat, dann muß er es noch einmal lesen; sie sprach es gedämpft, gewichtig, jede Silbe deutlich, und der Rhythmus umschwebte es graziös. Sie war jetzt eine andere als im Flußbette und auf den Hügeln. Da schwang sich ihre Kraft vorwärts, als bedürfte sie der Anstrengung; – hier verwandelte sie sich in feinen Sinnengenuß. Eine der merkwürdigsten Frauen des Nordens, die auch diese beiden Seiten hatte und aus beiden das größte machte, sah Helene gerade als sie erwachsen war. Frau Heiberg konnte von ihr nicht lassen, Augen und Ohren folgten ihr. Erkannte die alte Dame – es war in den letzten Jahren ihres Lebens – in ihr etwas von ihrer Jugend? Auch äußerlich waren sie ähnlich. Helene war dunkel, wie Frau Heiberg einst war, sie hatte dieselbe Höhe, dieselbe Figur, doch stärker, hatte einen großen Mund, große graue Augen wie sie; auch in ihren Augen konnte der Schelm aufleuchten, Aber die größte Ähnlichkeit lag im Wesen, im Ausdruck, wie ihn Frau Heiberg hatte, wenn sie ruhig und mütterlich ernst war; denn das war der Hauptstamm in ihrer Natur. »Welch gesundes Mädchen!« sagte sie, ließ sie zu sich holen, zog sie an sich und küßte sie auf die Stirn.

Die beiden Jugendgespielen waren über die Höhe nach der anderen Seite gegangen; er sollte durchaus das Moorland sehen.

Aber als er dahin kam, erkannte er es nicht wieder; es war ja üppiger Wald! »Ja, das ist das Werk des alten Helgesen« sagte sie strahlend. »Er sah, daß die große Fläche durch künstliches Aufdämmen zu Moor geworden, und dem machte er ein Ende. Ich war damals noch ein Kind, aber ich war dabei. Unten am Flusse bekam ich ein Stück Land, um Kohlrabi darauf zu pflanzen, und dies Stück pflegte ich den ganzen Sommer. Dann bekam ich andere Stücke. Für das, was wir daraus einnahmen, zogen wir hier oben Gräben; im vierten Jahre kauften wir Pflanzen. Ja, das heißt, er that so, als ob ich das alles mit meiner Arbeit bezahlte; er war ein großer Schelm.«

– Als Raphael nach Hause kam, saß seine Mutter bei Tisch; sie hatte sich eingerichtet, als wäre sie allein – ein sicheres Zeichen, daß sie sich beleidigt fühlte. Es nützte ihm alles nichts, worauf er auch verfiel, um sie wieder gut zu machen, sie antwortete nicht und verließ bald den Tisch.

Jetzt fühlte er selber, wie herrlich es für seine Mutter gewesen wäre, mit ihm rundum zu gehen, um Neues zu entdecken und Altes wieder zu erkennen. Gestern abend im Zimmer des Vaters waren sie wie unzertrennlich fürs Leben ... und schon frühmorgens am nächsten Tage war er mit einer anderen aus!

Er wußte, daß heute abend nichts zu thun war; aber am nächsten Morgen bat er sie so innig, ob sie denn nicht heute mit ihnen gehen wolle, dann würden sie ihr zeigen, was er gestern gesehen. Sie schüttelte den Kopf und fing an ein Buch zu lesen. Tag für Tag machte er ihr denselben Vorschlag, aber mit demselben Erfolg. Diese Vorschläge, meinte sie, wären gezwungen.

Und in einer Beziehung waren sie es. Er wollte sie so gern versöhnen, so gern sie herumführen; denn er fühlte sich schuldig, trotzdem er meinte, es ließe sich verstehen. Aber daß sie mit ihrer Gegenwart alle ihre Zusammenkünfte stören sollte – er wäre recht sehr verzweifelt gewesen, wenn sie ja gesagt hätte.

Der Probst mit Frau und Tochter kam am nächsten Sonntag zum Gegenbesuch; Frau Kaas war die Höflichkeit selber, und besonders dankte sie Helene für ihre unvergleichliche Fürsorge für das Gut. Helene wurde rot, sie wußte selbst nicht warum. Aber als sie sah, daß Raphael auch rot wurde, wurde sie es doppelt. Das war das Ereignis des Besuches; ein anderes kam nicht vor.

Der tägliche Spaziergang der Jugendgespielen erschöpfte das Thema Helleberge bald; nun trug er vor, das Thema wurde ein anderes, nämlich seine Entdeckungen. Von der Zeit her, da er mit seiner Mutter zusammen studierte, hatte er eine ungewöhnliche Geschicklichkeit, sich zu erklären, und in Helene fand er einen Zuhörer, dessengleichen er nie gehabt. Sie wußte schon im voraus so viel von den Naturgesetzen, daß sie eine populäre Darstellung verstand; aber die Hauptsache war doch nicht, was er erklärte, das war er – er fühlte das und wurde dabei warm; ihre Augen machten sein Denken klarer. Niemals zuvor hatte er ein so gesundes Selbstvertrauen gefühlt wie in ihrer Nähe; diesmal kam keine Angst hinterher. Aber Helene hatte früher nichts von der Art und dem Resultat seiner Studien gewußt; sie hatte nur gehört, daß er Ingenieur war. Je mehr er erzählte, um so mehr wuchs er – bald verlor *sie* einen Teil *ihrer* Sicherheit ihm gegenüber. Erst wußte sie nicht, warum sie sich mehr und mehr zurückhalten mußte; aber bald fand sie Vorwände, um ganz weg zu bleiben. Und als anderes dazu kam, wurden ihre Spaziergänge selten; »sie hatte so viel Arbeit bekommen.«

Er verstand den Grund nicht; er ging davon aus, daß seine Mutter auf irgend eine Weise daran schuld war (was übrigens nicht ganz unrichtig war) – und wurde rasend. Schon, daß seine Mutter das, was er früher gesucht hatte mit dem, was er jetzt suchte, zusammenwarf, beleidigte ihn furchtbar. Er vergaß völlig, daß nicht viel gefehlt, so hätte er hier dasselbe gesucht wie sonst; er gab sich bloß seiner Verliebtheit hin, und die duldete keinen Widerspruch, kein Hindernis, die wurde majestätisch. In Helene hatte er seine Zukunft gefunden.

Aber der Propst zog sich zurück, weil Frau Kaas es that, und es kam die Zeit, wo die vielen Versuche, Helene allein zu sprechen, aufgegeben werden mußten.

Niemals war er leidenschaftlicher verliebt gewesen. Er sah sie vor sich, wo er ging und stand, ihre runde Fülle in leichter Bewegung, ihre großen Augen fest in die seinen blickend ... weshalb konnten sich die beiden nicht morgen heiraten? Oder übermorgen? Was war natürlicher, was würde ihn sicherer vorwärts bringen?

Die Spannung zwischen der Mutter und ihm erreichte den höchsten Grad, den sie je erreicht hatte. Er dachte in vollem Ernste daran, sie und das Land zu verlassen. Er hatte ja etwas Geld vom Verkauf des Patentes übrig und wollte sich schon mehr verschaffen.

Wie es ihm widerstrebte, ohne Helene durch Wald und Feld zu gehen! Studieren konnte er nicht; er hatte niemand, mit dem er sich unterhalten konnte. Was sollte er thun? Er ruderte – ruderte weit hinaus, am liebsten von der Bucht weg, ja, bis zur Stadt. Wie er so eines Tages links außerhalb der Bucht die Küste entlang rudert, bemerkt er, daß hier die Thon- und Schieferformation in dem Gestein graue Stellen hatte. Helene hatte ihm gesagt, daß es dort »so merkwürdig aussähe, seitdem die großen Bäume weg wären.« Da sie aber ins Boot mußten, um es zu sehen, hatte er die Äußerung nicht weiter beachtet. Jetzt legte er dort an. Der Fels stieg von unten steil empor; aber er klomm empor. Er hatte gemeint, es wäre Kalk; – aber er traute seinen eigenen Augen nicht; es war Cement, ganz bestimmt Cement! Wie weit sich dieser erstrecken mochte? So viel er sehen konnte, ging das Lager weit hinein, vielleicht fast bis an die Grenzen des Gutes. Auf jeden Fall war hier auf viele, viele Jahre hinaus für den stärksten Betrieb mehr als genug zu thun, wenn nur im Thon und Kalk genug Kohlensäure war. Er war nicht faul, ein paar Stücke abzuschlagen, sie ins Boot und mit nach Hause zu nehmen und Analysen anzustellen. Selten ist jemand schneller als er an den Inseln vorbei in die Bucht hineingerudert, dem Anlegeplatze unter den Häusern entgegen. Zeigte der Cement die richtigen Verhältnisse, so war hier gefunden, was Helene und ihn von ihnen allen unabhängig machte – und zwar sofort!

Mit übel zugerichteten Kleidern und Händen, das Gesicht in Schweiß gebadet, stürmte er späterhin am Tage zu seiner Mutter ins Zimmer mit dem Resultat; »Hier sollst du etwas sehen!«

Sie saß da und las, blickte auf, wurde kreideweiß … »Ist das der Cement?« fragte sie, indem sie das Buch weglegte. – »Weißt du davon?« fragte er aufs höchste erstaunt.

»Gott, ja,« antwortete sie, stand auf, ging ans Fenster und wieder zurück, preßte die Hände gegeneinander, rieb sie: »Nun hast auch du den Cement gefunden! – Nun hast auch du ihn gefunden!«

»Wer denn vor mir –?«

»Dein Vater, Raphael, dein Vater. Als ich zum erstenmal hier war – kurz bevor wir abreisen wollten.« Sie machte eine Pause. »Er kam zu uns hereingestürmt, wie du jetzt – ja, nicht so schnell, er war nicht gut zu Fuß; aber sonst genau so wie du –« Ihre Augen glitten mit einem eigenen Blick über Raphaels beschmutzte Hände; sie waren an sich nicht fein; sie waren die seines Vaters.

Raphael sah es nicht. »Hatte er das Cementlager gefunden?«

»Ja. Er schloß die Thür hinter sich. Ich stand auf und fragte, was er sich unterstünde. Er konnte kaum sprechen.« Sie hielt etwas inne; dachte sich wieder in das Geschehene – ein. hin – »Nun ja. dann war es also das.« –

»Was sagte er, Mutter?«

Sie ging weiter. »Dein Vater glaubte ja, ich brächte das Glück ins Haus.«

»Weshalb wurde denn nichts daraus?« Sie wandte sich schnell nach ihm um. »Verzeih, Mutter, du mißverstehst mich. Weshalb wurde es nichts mit dem Cement, meine ich.« – Er errötete.

»Du hast deinen Vater nicht gekannt. Es waren zu viel Haken an ihm, als daß er irgend etwas zustande gebracht hätte.« – »Haken?« – »Ja, Eigenheiten, Egoismus, Leidenschaft, die ihn fest hielten!« – »Wie fing er es an?« – »Niemand sollte dabei sein dürfen, kein einziger es wissen; er alles! Und deshalb sollten die Wälder gehauen und aufgebraucht werden – – und als wir verheiratet waren – und als wir verheiratet waren, sage ich, sollte auch mein ganzes Vermögen verwandt werden.«

Ihr Entsetzen darüber sah er noch jetzt. Sie durchlebte den ganzen Kampf von neuem, und er verstand, daß er nicht mehr fragen durfte. Sie streckte auch schon ihre Hand aus, als er sich beeilte zu sagen: »Weshalb hast du mir das nicht früher erzählt, Mutter, daß es hier Cement giebt?« – »Weil es dir nicht gut gethan hätte,« antwortete sie bestimmt.

Er fühlte, ja, er sah, daß es ihm ihrer Meinung nach auch jetzt noch nicht gut that.

»Du hast die wundeste Stelle meines Lebens berührt; laß mich jetzt allein.« Sie hob ihre Hand, er ging. Als er wieder im Boote saß, um seine große Botschaft nach der Pfarre zu rudern, dachte er: »Hier liegt der Grund zu der tödlichen Feindschaft zwischen Vater und Mutter, Im Cement! Sie hat kein Zutrauen zu ihm gehabt; sie hat ihm nicht sich und ihr Vermögen ausliefern wollen. So wurde aus dem Cement nichts. Nicht einmal die Wälder wurden gehauen. Er war doch ganz in allen Fällen. – Ja, die Mutter auch. Aber Gott helfe mir –!«

Dann berechnete er, was die Wälder und ihr Vermögen zusammen hätten ergeben können und was darauf (und auf das Cementlager) weiterhin hatte geliehen werden können. Er verstand seinen Vater besser als seine Mutter! – Welches Vermögen das ergeben hätte! Welche Macht, welche Herrlichkeit – welches Leben!

Beim Propst riß er alle mit sich fort. Den Propst, weil er ein praktischer Mann war, der sofort erkannte, wie viel das wert war. »Sie sind ja nun ein reicher Mann!« Die Frau, weil sie seine Begabung und Begeisterung ansprach.

Helene? Sie war stumm und erschrocken. Er wandte sich an sie und fragte, ob sie nicht mit rudern und sehen wollte. Sie mußte doch sehen, wie groß das Lager war! »Fahr mit, Kind!« sagte ihr Vater.

Im Boote wollte er sie vor sich sitzen sehen und eilte nach vorn. Ohne etwas zu sagen, ging sie neben ihm vor, setzte sich und setzte ein Ruder ein; da mußte er wieder hinten sitzen.

Mit dieser kleinen Spannung fing es an. Er hatte sie also im Rücken; er sah, wie es unter ihren Rudern schäumte. Ein heimlicher Kampf, eine stille Furcht. Die vernahm man auch aus den wenigen Worten, die gesprochen wurden. Sie vermehrten nur die Spannung.

Als sie ans Ziel kamen, waren beide rot und warm. Nun mußte er sich umwenden, um zu sehen, wo sie anlegen könnten. Erst fuhren sie langsam an dem ganzen Cementlager vorüber, so weit es sichtbar war. Er saß also ihr gegenüber und erklärte; sie sah die ganze Zeit hinauf und nur flüchtig oder gar nicht auf ihn. Sie wandten das Boot wieder, um dort anzulegen. wo nach seiner Meinung die Fabrik stehen sollte. Ein paar Sprengungen mußten erst Platz schaffen. Die Schiffe konnten wohl dicht heran kommen; aber der Hafen mußte mehr geschützt werden, und das kostete Geld.

Sie stiegen aus, er voran, um ihr zu helfen; aber sie sprang an ihm vorbei ans Land. Dann stiegen sie aufwärts, er, erklärend, voran, um den Weg zu zeigen; sie mit großen Augen und offenen Ohren hinterher.

Alles, was sie mit dem Gute von Kind auf erstrebt und erträumt hatte, wurde nun so gering. Viele Jahre mußten noch hingehen, bis der Wald Ausbeute ergab. Dies dagegen gab sofort Wohlstand und später Reichtum – wenn seine Aussagen richtig waren, und daran zweifelte sie nicht.

Das demütigte sie, setzte sie herab, oder wie sie nun es nennen sollte. Ihn aber machte es groß.

Das Rudern, der Aufstieg, die Erschütterung, in der Raphael war, beschwingte seine Auseinandersetzungen; Gesicht und Gestalt waren gespannt. Sie hatte das Gefühl, als wäre sie in einer Brandung; sie mußte sich ins Boot retten und allein wegrudern; aber sie war zu stolz, um sich zu verraten. Seine Augen und sein Wesen waren das eines Eroberers; aber sie wollte nicht erobert werden. Auch wollte sie nicht den Anschein erwecken, als hätte sie gewartet und auf seine Rückkehr spekuliert. Das hieße gerade, das Uneigennützigste, das Liebste in ihrem Leben gegen sie selbst wenden.

Vor etwas in ihm fürchtete sie sich, etwas, worüber er vielleicht selbst nicht die Macht hatte – vor dem Sturm in ihm. Der war nicht lärmend oder erschreckend; er war strahlender, eindringlicher Eifer, der nahm ihm selbst die Beherrschung und ihr den Willen. Und das duldete sie nicht.

Kaum waren sie hinaufgekommen und standen angesichts der Inseln und des Meeres, sahen die Bucht bis zum Gute, den Flußlauf dort in der inneren Bucht und die Pfarre; da wandte er sich um und sah von all dem weg, auf sie, die dastand mit wogender Brust, warmen Wangen und Augen, die sich nicht getrauten, das Meer zu lassen... »Helene!« flüsterte er und ging zu ihr. Er wollte sie umarmen. Sie zitterte, ohne sich umzuwenden. Dann aber wandte sie sich ohne weiteres von ihm weg und sprang hinunter. Sie hörte nicht auf, bis sie im Boote stand; das wollte sie lösen – bedachte sich aber: das wäre zu feig. So blieb sie stehen und sah, wie er nachkam. – »Aber Helene –!« rief er von oben. »weshalb springst du von mir weg?« – »Raphael, du darfst nicht –!« antwortete sie, als er herunterkam. Alles an Bitte und Befehl, worüber ein starker Mensch verfügt, lag darin.

Sie im Boot, er am Lande auf sie zu. Sie sahen sich an im Ringkampf, beide flammend, wogend unter tiefsten Atemzügen – bis er ins Boot stieg, es löste und abstieß.

Sie setzte sich. Aber bevor er es that, sagte er: »Du weißt wohl, was ich dir sagen wollte –?« Es fiel ihm schwer, so viel hervorzubringen.

Sie antwortete nicht, legte aber die Ruder aus; sie war nahe daran, in Thränen auszubrechen.

Sie ruderten lange nicht so schnell heimwärts, als sie gekommen waren.

Eine Lerche schwirrte über ihnen, eine Singdrossel sang vom Lande herüber. Eine Lumme sprang in gerader Linie über die Meeresfläche in der Richtung, die sie nahmen, eine Seeschwalbe folgte ihnen mit kleinen Schreien; da drinnen wartete gewiß etwas. Der Duft von jungem Nadelholz und frischem Heidekraut zog ihnen entgegen; weiter einwärts standen die Felder von Helleberge in Blüte. Weit hinter ihnen kam hoch oben aus den Bergen ein Adler, gefolgt von einer Schar schreiender Krähen, die sich einbildeten, ihn zu jagen.

Er machte sie auf diesen Zug aufmerksam. »Ja, sieh da!« sagte auch sie; es war eine Erleichterung, die paar natürlichen Worte sagen zu können. Er sah sich nach ihr um und lächelte. Und da gab sie ihm das Lächeln zurück.

Er fühlte ein Wohlbehagen wie im siebenten Himmel; aber er durfte es also nicht sagen, nur rudern, im Takt rudern: »Sie – ist – es! Sie – ist – es! Sie – ist – es!«

Nicht wahr, sagte er zu sich selbst, ihr Widerstand ist tausendmal schöner als – ? »Merkwürdig, daß der Seevogel auf den Inseln hier keine Eier mehr legt?« sagte er.

»Das kommt daher, daß die Inseln so lange nicht geschont sind. Die Vögel sind weiter hinaus gezogen.«

»Dann müssen die Inseln wieder geschont werden! Wir müssen doch versuchen, die Vögel wieder herein zubekommen; – nicht wahr?« –

»Ja.«

Er drehte sich sofort nach ihr um.

Das »ja« hätte vielleicht nicht gesagt werden sollen, dachte sie; er hatte ja »wir« gebraucht.

Um zu zeigen, wie weit sie von solchen Gedanken entfernt war, sah sie nach dem Lande. »Der Klee steht heuer nicht gut.«

»Nein. – Was willst du denn mit dem Stück im nächsten Jahre thun?« Aber in die Falle ging sie nicht.

Er drehte sich um; aber sie beachtete es nicht.

Das Brausen des Flusses drang auf sie ein; die Strömung machte das Boot schwanken. Raphael sah dahin, wo sie am ersten Tage zusammen gegangen waren. Er drehte sich um, um zu sehen, ob sie auch hinaufblickte. Ja, sie that es.

Sie ruderten nach dem Landungsplatz an der Pfarre. Er sagte ab und zu etwas; aber sie hatte gelernt, daß es gefährlich war. Sie legten an. »Helene!« sagte er, als sie ans Land sprang und im Vorübereilen »Lebe wohl« sagte. »Helene!« Aber sie hielt nicht an. »Helene!« rief er, und darin lag so viel, daß sie sich umkehrte – und ihn ansah; aber sie lief weiter.

Mehr brauchte es nicht! Er ruderte nach Hause als der größte Sieger, den diese Wasser je getragen oder gesehen hatten – seitdem die Wikinger in der innersten Bucht aufeinander trafen und den Totenhügel errichteten, der beim Pfarrhofe noch zu sehen ist – ja, seit das Elender der Urwälder mit hohem Geweih von dem Renntier, das es im Kampf erlegt, zu dem anderen hinüberschwamm, das es auf der anderen Seite hörte – ja, seit die ersten Seehunde um die Wette auf sie zudachten, die sie auf Helleberge liegen und sich sonnen sahen. Frau Kaas hatte sie eiligst hinausrudern sehen. Sie hatte sie langsam zurückrudern sehen. Da verstand sie alles.

Schon, daß sie gerade an den Cementlager –! Sie ging auf und ab, sie weinte.

Sie traute nicht seiner Beständigkeit, und jedenfalls war es für Raphael zu früh, sich hier zu ketten; er hatte ganz anderes zu thun. Der Cement lief ihm nicht davon; auch sie nicht – wenn es Ernst war. Diese Begegnung mit Helene betrachtete sie bloß als eine Entgleisung; er kam nicht vorwärts.

Raphael ruderte, daß Schaum vor dem Steven aufstieg. Jetzt war er gelandet, jetzt zog er das Boot herauf, als wär's ein Kinderspiel, jetzt kam er auf seinen langen Beinen heraufgerannt.

Entsetzt, verzweifelt kroch sie wie gewöhnlich in die äußerste Ecke des Sofas, zog diesmal die Beine mit – schrie, als er ins Zimmer stürzte und zu reden anfing. »*Taisez-vous! Des égards, s'il vous plaît!*« Sie streckte abwehrend die Arme aus.

Aber diesmal kam er getragen von Liebe und mutig vor Glück; darin lag seine Zukunft. Er that, was er noch niemals gewagt hatte, er ging gerade auf sie zu, erfaßte ihre Arme und zwang sie nieder, umarmte sie, küßte sie – erst auf die Stirn, dann auf die Wangen, den Mund, die Augen, die Ohren, den Hals, das Kinn, wo es war, ohne zu sprechen, ganz berauscht. »Verrückter Junge!« stöhnte sie, »*des égards – Mais, Raphael, donc! – Que – – – –!*« Und dann endete es an seiner Brust mit beiden Armen um seinen Hals. »Nun willst du mich verlassen, Raphael?« weinte sie.

»Dich verlassen, Mutter! Niemand kann die beiden Flügel zu einem machen wie Helene!« Und nun pries er sie maßlos, ohne zu hören, daß er immer und immer wieder dasselbe sagte.

Als er ruhiger geworden war und Atem schöpfte – bat sie, er möge sie allein lassen. Daran war er gewöhnt.

Am Abend kam sie dann zu ihm und sagte, erst müßten sie nach Christiania reisen, die Cementlager von kundigen Leuten untersuchen lassen und hören, was dann weiter geschehen sollte. Ihr Vetter, der Expeditionschef, würde schon Rat wissen. Andere ihrer Verwandten auch; die meisten von ihnen waren ja Ingenieure und Kaufleute.

Er wollte gerade jetzt Helleberge ungern verlassen, das mußte sie doch einsehen. Außerdem hatten sie ja verabredet, erst im Herbste in die Stadt zu reisen. Aber sie überzeugte ihn, daß gerade das der geradeste Weg zu Helene sei. Nur bat sie, das ganze Verhältnis zu Helene so zu belassen, wie es jetzt stand – bis sie in Christiania gewesen wären. Davon ließ sie sich nicht abbringen.

So möchte es denn so sein!

Nach ihrer Art packte sie sofort. Noch am selben Abend fuhren sie in das Pfarrhaus, um sich zu verabschieden.

Dort war die Stimmung sehr munter – seitens Frau Kaas, weil sie unruhig war und das mit Lebhaftigkeit verdecken wollte; seitens des Propstes, weil er sich wirklich über die große Entdeckung freute, die für Helleberge und den ganzen Bezirk Wohlstand versprach; seitens der Frau Pastorin, weil sie etwas ahnte. Sie gaben ihnen herzliche Glückwünsche auf die Reise mit.

Raphael hatte die allgemeine Freude benutzt, um in einem Winkel ein paar wenige Worte mit Helene allein zu wechseln. Hier entrang er ihr ein halbes Versprechen, daß sie antworten wollte, wenn er schriebe. Aber er hütete sich wohl ihr zu sagen, daß er bereits im voraus mit seiner Mutter gesprochen hatte. Er fühlte, daß Helene über ein solches Vorgehen erschrecken würde, das er so natürlich fand.

Als sie wegfuhren, winkte er mit seinem Hut, so lange sie sich sehen konnten. Man winkte wieder – erst alle, schließlich nur eine.

Der Sommerabend war hell und warm; aber nicht hell genug, nicht warm genug – auch nicht groß genug; er fand keinen Platz darin, keine Farben, deren Wonne groß genug war. Er konnte nicht schlafen, er konnte mit niemand sprechen. Er dachte im vollen Ernst daran, nach dem Pfarrhofe zurück zu rudern und an Helenes Kammerfenster zu klopfen. Er war schon auf dem Wege nach dem Schuppen und schob das Boot heraus. Aber vielleicht würde er sie erschrecken, seine Sache auf die eine oder die andere Weise verderben. So ruderte er denn hinaus, immer weiter hinaus – bis zu den äußersten Inseln, und da erschreckte er die Vögel. Als er anlegte, stiegen sie auf, erst einige, dann mehrere, dann alle, protestierten in gräßlichem Chorus – und mit mehr als Schreien! Er befand sich in einer zornigen Wolke, einer Hölle von lauter Vögeln. Aber er verlor seine gute Laune nicht. »Wartet!" sagte er zu ihnen, als er, von dem ganzen Schwarme verfolgt zurück ruderte: »Wartet – bis die Inseln bei Helleberge gefriedet werden – wie das ganze Gut! Da mögt ihr kommen und euch bei uns wohl fühlen! Auf Wiedersehen daraufhin!«

IV.

Wie ein hohes Schiff, festlich mit Flaggen geschmückt, kam er
nach Christiana; seine Liebe war Musik an Bord. Die zahlreichen
Verwandten standen längst zum Empfange bereit. Die vielen Ingenieure darunter waren mit allem, was er geschrieben, *à jour*; die
Verwandtschaft hatte für sein Bekanntwerden gesorgt. Ein Teil der
größten technischen Unternehmungen des Landes war in ihren
Händen, und das gab Verbindungen nach rechts und links. Die
Familie hatte wieder ein Genie, d.h. einen, mit dem sie Staat machen
konnte. Raphael ging von Gesellschaft zu Gesellschaft, von Vorstellung zu Vorstellung, und wo er sich mit seiner Mutter zeigte, war er
von einem Hofe umgeben. Diesen bildeten besonders die Damen
des Geschlechts, die noch eifriger waren als die Herren; die beiden
waren kaum eine halbe Woche in der Stadt, als sie merkten, daß ihr
Besuch sensationell wurde. Es giebt Leute, die dazu nicht taugen;
sie gleichen rußigen Kesseln ohne Klang oder eigensinnigen Kindern, die nicht wollen, oder mürrischen alten Hunden, die knurren.
Er aber war so völlig harmlos – erste Bedingung! – ein richtiger
guter Junge mit prächtiger Laune. Und er hatte das äußere Ansehen; er maß seine drei Ellen, und diese drei Ellen waren nach der
feinsten Mode gekleidet. In seinen großen lebhaften Augen wehten
Festflaggen; um seine breite Stirn glühte elektrischer Glanz; er hatte
darin Übung, anderen klar zu machen, was ihn selber begeisterte,
und er war hübsch, wenn er das that. Er war ein vollendeter Welt-
mann, der mehrere Sprachen sprach bei den kosmopolitischen Mit-
tagen, die eine Specialität der Familie waren. Er war Besitzer eines
der wenigen wirklichen Güter in Norwegen und verfügte, wie es
hieß, außerdem über ein beträchtliches Vermögen. Schon die Hälfte
wäre genug, um alle Glocken klingen zu machen. Erst feierte ihn die
Familie, dann die Gesellschaft, dann die Stadt. Vierzehn Tage lang
war er das Ereignis von Christiania. Man muß die kritischen, phan-
tasielosen Einwohner der Hauptstadt kennen, die lediglich aus
Bedürfnis nach Speise täglich einander bei lebendigem Leibe aufes-
sen – man muß es gesehen haben, wie sie klapperdürre, seltsame
Bibelerklärungen verschlingen, um zu erkennen, was daraus werden kann, wenn sie ab und zu einmal wirklich ein Thema bekommen! Nichts fegt im Sturm gefährlicher in die Höhe als Wüstensand;

keine Sensation ist wie die Christianias. Als es bekannt wurde, daß zwei Sachverständige aus der Familie mit einem angesehenen Geologen und Bergmeister zusammen mit Raphael auf Helleberge gewesen wären und dort seine Angaben über das Cementlager bestätigt gefunden hatten – da stürmte und wirbelte es um ihn zwanzigmal am Tage. Das greift an! Aber er war unermüdlich wie ein Piano, und nicht wählerischer, als daß er neben dem Feinsten und Leckersten auch Mädel und Tauenden genießen konnte. In jeder Hinsicht hielt der junge Tollkopf Maß, Tag und Nacht drehte er sich in einem Rundtanze, der alle anderen, nur ihn nicht, außer Atem brachte. Der herrliche Monat auf Helleberge hatte gut gethan. Er wurde auch von lustigen Abenteuern heimgesucht – so seltsamer und so kecker Art, daß man sein Leben hätte dafür verpfänden können, daß so etwas in Christiania unmöglich wäre. Aber starke Dürre erzeugt Durst. Er war guter Laune wie ein Junge im Einmacheglase, wenn Mund, Nase, Stirn und Hände beschmiert sind. So gefallen den Damen die Kinder am besten; da sind sie das süßeste auf Erden. Ein großer, hochreifer Vogelbeerbaum von tausend Staren umflattert – dasselbe Leben war um ihn herum. Nun fehlte bloß noch, daß er Gott wurde – und das wurde er auch.

In den Fabriken, die er besuchte, gab er bald hier, bald da einen Fingerzeig (er war reich an eigener Anschauung und hatte einen schnellen Blick), und jeder Fingerzeig war kostbar. Endlich in einer Fabrik von ungefähr derselben Art wie die französische, für die er die halbe Betriebskraft erspart hatte, gab er einen ähnlichen Plan an; er zeigte auf der Stelle, wie es gemacht werden könnte. Das verbreitete sich in allen Gesprächen, das wuchs, wuchs wie die See unter mehrtägigem Westwind. Das neue Genie, das nur einige zwanzig Jahre alt war, mußte einmal das Wunder des Landes werden. Bald wurde es Mode, daß die Herren Fabrikbesitzer ihm ihre Anstalten zeigten, und erst als die Großkaufleute sich versichert hielten, daß sie einen Gott unter sich hatten, da wurde es erst ernst; denn erst die Begeisterung der Großkaufleute giebt den Ausschlag. Diesen großen Augenblick hatten die Damen erwartet, um sich auf einmal vom letzten Grad Vernunft zum fünften Grad Verrücktheit aufzuschwingen. Wie Sonnenschein auf blankem Metall, so tanzten ihre Augen Cancan auf ihm. Er beachtete Grad und Temperatur nicht weiter, dazu war er zu gutmütig in seiner liebenswürdigen Glückseligkeit, auch zu unbekümmert.

Ein starkes Moment bei der Geschichte war das Temperament der Familie; denn das war auch das seine. Er war ein Raon durch und durch – ja vielleicht mit einem kleinen Körnchen Kaas. Er war das, was sie »das echte Raonsche« nannten – frei von allen Schattierungen; er schien ihnen aus der Urwerkstatt des Geschlechts zu stammen, aus seiner gemeinen Grundkraft. Der solide physische Zuschuß hatte die Gaben vielleicht üppiger gedeihen lassen; aber die Gaben selber nahm das Geschlecht für sich in Anspruch. Durch Hans Raon hatte Raphael an dem Zusammenleben mit den Verwandten Geschmack bekommen; nun war es da. Für jedes seiner Worte stand das Lachen des Verständnisses fertig; es knisterte geradezu um ihn. Wo er von dem gewöhnlichen Geschmack, von Vorurteil und herkömmlicher Moral abwich, da wichen auch sie ab; wo sein junges Verständnis hinstürmte, da stand ihres zum Beifall bereit, ja es traf ihn weit weg von dem Ziel, das er erstrebte. Weil er jung von Natur und an Alter war und viel mehr konnte als ein gewöhnlicher junger Mann, so paßte er ebenso in die Gesellschaft der älteren wie der jüngeren – o, wie er in Norwegen gedieh!

Seine Mutter war überall dabei. Ihr Leben war ihnen ja einmal als das sinnloseste erschienen, das sie sich denken konnten, aber daraus hatte sie das größte gemacht. Von einem so hohen Ziel und so eisernem Willen empfanden sie Ehrerbietung, und die wurde ihr erwiesen. In den zierlichsten Toiletten, mit ihrem diskreten Wesen und vornehmen Anstand ging sie von Gesellschaft zu Gesellschaft, von Ausflug zu Ausflug, bis es ihr zu viel wurde.

Es ging auch zu weit; es verletzte ihren Takt, ihr wurde bange. Aber der Festzug zog weiter ohne sie – wie eine Reihe von Wagen, die weiter fuhren, während *sie* abgeworfen war. Die Augen folgten der Staubwolke dort weit voran, und sie hörte den Widerhall des Lärmes.

Helene – ja, was war aus Helene geworden? War sie auch weggekommen? Weit gefehlt! Raphael war so sicher, sie mit zu haben, als er sicher war, daß er seine goldene Uhr in der Brusttasche hatte. Gleich am ersten Tage seines Aufenthalts in der Stadt hatte er ihr einen Brief geschrieben. Der war nicht lang – dazu hatte er keine

Zeit – aber ganz er selbst. Er erhielt sofort Antwort; die Pensionswirtin kam selbst damit; er wurde so übermäßig froh, daß die Wirtin, die den Poststempel gesehen hatte und mit dem Propste verwandt war, den ganzen Zusammenhang erriet – was ihn sehr amüsierte.

Aber Helenes Brief war ausweichend; sie kannte ihn offenbar noch nicht genug, um aus sich herauszugehen.

Er hatte keine Zeit, zu versuchen, ob er sie brieflich zum Sprechen bringen könne. Nachts kam er heim, spät am Tage wachte er auf, und da waren schon die Freunde da und erwarteten ihn. Dann kam er nicht eher in die Pension zurück, als bis er sich zum Mittag umkleidete; währenddem stand der Wagen vor der Thür; denn er kam immer erst im letzten Augenblick nach Hause. Wann sollte er schreiben? Bald war es überstanden, und dann nach Hause zu Helene!

Die Cementgeschichte hielt ihn länger zurück als er erwartet hatte. Seine Mutter machte nämlich Schwierigkeiten; – nicht daß sie sich der Bildung der Compagnie widersetzte, aber sie erhob viele Bedenken; offenbar hätte sie die Sache am liebsten hinausgeschoben gesehen. Er hatte keine Zeit, sie zu überreden; sie ärgerte ihn auch. Er überließ es der Wirtin.

Eine merkwürdige Person, diese Frau, die ohne die geringste Spur von Anstrengung die Pension, die Geschäfte ihrer Bewohner und eine Menge Kinder regierte. Sie war Witwe. Ein paar von den Kindern waren fast zwanzig Jahre, aber sie selbst schien erst dreißig Jahre alt zu sein. Groß, geschickt, dunkel, mit Augen wie glühende Kohlen, sicher, schnell in allen Fragen, Antworten, Bewegungen; wie ein Offizier mit langer Kommandierübung; immer wurde ihr geglaubt und gehorcht. Unwillkürlich beugte man sich ihrer kurzen, natürlichen Art, mit der sie alles ordnete. Und diensteifrig, ja aufopfernd war sie denen gegenüber, die sie leiden mochte; – aber das waren freilich bei weitem nicht alle. Diese Rückhaltlosigkeit war eine Grundlage, die sie noch einmal so zuverlässig machte.

Sie hatte sich längst Frau Kaas angenommen – vor allem sie amüsiert. Angelika Nagel gebrauchte in ihrer Rede den modernen Christiania-Jargon. Da verband man Bezeichnungen wie »scheußlich« mit dem geraden Gegenteil von Scheußlichkeit, z. B. »scheußlich schön«

u.s.w. Man sagte nicht »hübsch,« sondern »zu hübsch« oder »wunderhübsch«; und umgekehrt nannte man das Allerschlimmste nicht »schlimm,« sondern mit komischer Moderation »freilich schlimm.« Die ausgetretenen Schuhe der Sprache, mit denen die Müßiggänger der Großstadt daher schlürfen, wurden erst jetzt in Christiania eine Modesache.

Alles das war neu und charakteristisch für das Ungezogene, Losgelassene, das aufgekommen war als Reaktion gegen die Zimperlichkeit, über die Frau Kaas sich seiner Zeit hinweggesetzt hatte. Deshalb amüsierte der Typus Frau Kaas; sie studierte ihn. Dann nahm ihr Angelika Nagel alle praktischen Beschwerlichkeiten ab und erledigte sie spielend. So auch jetzt mit der Cementangelegenheit. In ihrer scheinbar unbedachten Art platzte sie auch damit heraus, was der eine und der andere darüber gesagt hatte, und Frau Kaas beachtete das. Bald brachte sie es so weit, daß es notwendig wurde, mit Raphael zu sprechen; und da er schwer zu treffen war, erwartete sie ihn nachts.

Als er sie das erste Mal die Thür öffnen sah, wurde er ganz schüchtern, und als er erfahren, was sie wollte, außerordentlich dankbar. Das zweite Mal raubte er ihr einen Kuß, sie lachte und lief weg, ohne mit ihm zu sprechen; das war der Lohn für seine Mühe. Aber er hatte die feste Fülle ihres Leibes gespürt, und die Wollust hatte ihn gepackt. Sie blieb indessen gänzlich weg; sogar tagsüber bekam er sie nicht zu sehen, trotzdem er es versuchte. Aber unerwartet traf sie ihn wieder an der Thür; es war etwas, was sie ihm sagen mußte. Da kam es zum Kampfe zwischen ihnen. Auch der endete damit, daß sie ihm entwischte und verschwand. Er flüsterte hinter ihr her, so laut er konnte: »Dann ziehe ich aus!« –

Noch während er sich entkleidete, glitt sie leise in sein Zimmer.

Am Tage darauf, noch bevor er völlig wach geworden, brachte ihm der Postbote einen Geldbrief mit 15+000 Francs. Er glaubte, hier müsse eine Namensverwechslung vorliegen – oder es würde ihm eine Kommission übertragen. Nein, der Brief kam von dem französischen Fabrikbesitzer, dem er damals die Betriebsunkosten um die Hälfte verringert hatte; er erlaubte sich, ihm das als bescheidenes Honorar zu schicken; früher hätte er es nicht thun können, aber jetzt solle es nicht dabei bleiben. Er sah Raphaels Quittung mit einer gewissen Spannung entgegen, da er die Adresse des Empfängers nicht genau kannte.

Blitzschnell war Raphael aus dem Bett; er erzählte es allen – lief hinunter zu seiner Mutter und wieder hinauf. Aber kaum war er einen Augenblick allein – da machte ihn dieses Übermaß von Glück und Sieg bange. Nun mußte es enden! Nun wollte er nach Hause. Er hatte keine Spur von Gewissensbissen gehabt, auch keine Sehnsucht – erst jetzt. Auf einmal so unsäglich. Sie stand rein und hoch da auf dem Berggipfel. Es wurde zur Angst; er mußte sofort reisen oder er wurde verrückt. Die Angst besänftigte sich, als er die aufrichtige Freude der Mutter sah. Sie kam zu ihm, als sie hörte, daß er sich eingeschlossen hatte; ein wirklich gemütliches Gespräch kam zwischen den beiden zustande. Schließlich sprachen sie auch über ihre finanziellen Verhältnisse. Sie wohnten in der Pension, weil es ihnen zu teuer war, länger im Hotel zu wohnen; das Gut brachte nichts ein, bevor der Wald nicht wieder mitreden konnte, und ihr Kapital war nicht länger unberührt – trotz des Verbotes. Jetzt war sie willig, ihn die Cementcompagnie ordnen zu lassen. Deshalb fuhr er denn in die Stadt, wo sich bald sein Hof um ihn versammelte.

Aber das viele Geld, das dazu gehörte, fand sich nicht an einem Tage, und die Sache zog sich in die Länge. Er wurde ungeduldig; er wollte und mußte reisen, sodaß schließlich seine Mutter ihren Vetter, den Expeditionschef, dazu vermochte, die Compagnie zu bilden, – und sie rüsteten sich zur Abreise.

Teils machten sie Abschiedsbesuche, teils schickten sie Karten umher mit Dank und Gruß. Alles war fertig, der Tag selber kam, als Raphael frühmorgens im Bett einen Brief vom Propst erhielt. Ein anonymer Brief aus Christiania, schrieb der Propst, hätte ihn darauf aufmerksam gemacht, wie Raphael dort lebe; darauf hätte er sich selber Auskunft verschafft, und die Folge wäre, daß er heute seine Tochter ins Ausland reisen ließe. Mehr stand nicht im Briefe.

Aber Raphael erriet, was zwischen Vater und Tochter vorgefallen sein mußte. Eilig kleidete er sich an und stürmte zu seiner Mutter hinunter. Sein Zorn über die erbärmlichen Menschen, die seine und Helenes Zukunft vernichtet hatten, – wer konnte es nur gewesen sein? – floß zusammen mit seiner Verzweiflung; er liebte ja nur sie, um alle die anderen kümmerte er sich ja gar nicht! Er fühlte sich auch beleidigt daß der Propst oder sonstwer es wagte, ihn so zu behandeln – ihn wie einen Diener zu verabschieden, ohne mit ihm zu sprechen, ohne ihm eine Rechtfertigung zu gestatten! Die Mutter las den Brief mit Ruhe. Jetzt hörte sie ihn an – auch mit Ruhe. Und als er darüber noch rasender wurde brach sie in Lachen aus. –

Es war nicht ihre Art, was zwischen ihnen lag in Worten zu begleichen. Aber diesmal fuhr ihm der Gedanke durch den Kopf, daß sie ihn nicht der Cementangelegenheit wegen zu der Christianiareise bestimmt hätte, – das hatte sie genügend gezeigt – sondern um seine Gedanken von Helene abzulenken und das sagte er ihr.

Ja, er sagte: »Nun geht es mir, wie es dem Vater erging. Und das wird auch deine Schuld.« Damit stürzte er hinaus.

Bald darauf reiste Frau Kaas ab. Am selben Tage abends reiste auch er, aber nach Frankreich.

Von Frankreich aus schrieb er dem Propste, bat aufs dringendste, Helene wieder nach Hause kommen zu lassen; er wollte sie sofort heiraten. Was der Propst auch von seinem Leben in Christiania gehört hätte – das hätte nicht das geringste mit dem Gefühl zu thun, das er für Helene nähre. Sie – und sie allein – hätte die Kraft, ihn zu binden. Ihr wollte er fürs Leben angehören.

Der Propst antwortete nicht.

Nach Verlauf eines Monats ein neuer Brief. Darin erkannte er an, daß er sich nicht recht betragen habe. Er hätte nur nicht darüber nachgedacht. Das sei als eine Fortsetzung von so vielem anderen gekommen, die Umstände seien so irreführend gewesen. Aber, schwur er, damit solle es ein Ende haben; er wolle beweisen, daß er Vertrauen verdiene. Ja, er hätte es bewiesen, seitdem er Christiania verlassen. Der Propst solle doch nur versöhnlich sein; das hieße ja ihn verbannen, denn ohne Helene könnte er nicht nach Helleberge kommen. Alles, was ihm dort lieb sei, wäre in ihrer Gesellschaft eingeweiht worden; alles, was da zu thun sei, wäre mit ihr zusammen geplant. Ja, damit auch sein Leben! Er trauere und habe Sehnsucht, daß es ihm unmöglich sei, so ernsthaft zu arbeiten, als er das Bedürfnis habe.

Diesmal erhielt er Antwort, aber kurz. Sie lief darauf hinaus, daß allein eine längere Prüfung sie von dem Ernst seines Vorsatzes überzeugen könne. Also nicht nach Hause, nicht arbeiten! Wenigstens keine gedeihliche Arbeit! Er kannte seine Mutter zu gut, um nicht zu wissen, daß jetzt auch die Cementangelegenheit ruhe – ob nun die Compagnie gebildet war oder nicht. Zum Überfluß überzeugte er sich davon.

Er hatte längst seiner Mutter geschrieben und sie gebeten, ihm, was er gesagt hatte, zu verzeihen; sie wüßte, daß es nur in der Hitze geschehen wäre; sie wüßte, wie er sie liebe, wenn er auch so unglücklich wäre, mit ihr über das uneinig zu sein, was ihm teuer wäre und bleiben würde.

Sie antwortete ihm in einem schönen, langen Briefe – ohne das Vorgefallene oder Helene zu erwähnen. Sie erzählte verschiedenes, unter anderem auch, was der Propst mit Rücksicht auf das Gut meine. Daraus schloß er, daß sie wie früher im Pfarrhause verkehrte. Ob vielleicht der letzte Grund des Propstes, die Sache hinauszuschieben, gerade der war, daß er merkte, wie Frau Kaas sich nicht dafür interessierte?

Der Herbst nahte heran; bei all der Ungewißheit fühlte er sich einsam und sehnte sich nach seinen neuen Freunden in Christiana. Das schrieb er ihnen, und daß er zurückkehren wolle; doch wollte er sich eine Zeitlang in Kopenhagen aufhalten.

In Kopenhagen traf er Angelika Nagel wieder. Sie war in Gesellschaft von ein paar Studienfreunden aus Christiania. Sie war ungeheuer munter, strahlend vor Gesundheit und Schönheit und mit der flotten Keckheit, die der Jugend die Sinne verrückte. Die ganze Zeit hatte er alles hierher gehörige verbannt und er kam ohne den Drang, es zu erneuern. Aber hier wurde er zum erstenmal in seinem Leben eifersüchtig! Das war ein ganz neues Gefühl, dem zu widerstehen er nicht vorbereitet war. Er wurde es, sobald er sie nur in Gesellschaft eines Kameraden sah. Sie hatte eine eigene, frische, derbe Art. die seine Sinne entflammte.

Jetzt begann ein neuer Abschnitt in ihrem Zusammenleben; es teilte sich zwischen rasender Eifersucht und rasender Hingabe. Dies führte zu einem Briefwechsel eigener Art, und dieser Briefwechsel zog ihm nach. An Bord hörte er ein Gespräch zwischen einem Kellner und einer Kellnerin: »Sie lauerte ihm nachts auf, bis es wurde, wie sie wollte. Und jetzt hat sie ihn fest.«

Möglich, daß sich die Worte nicht auf ihn bezogen; aber es war ja auch möglich, daß das Mädchen in der Pension in Christiania gewesen war; er kannte es nicht.

Merkwürdig ist an solchen Verhältnissen wie dem Angelikas und Raphaels, daß beide Teile in dem Glauben leben, unsichtbar gewesen zu sein. Er dachte, bisher hätte kein Mensch etwas davon gewußt. Allein der Verdacht des Gegenteils machte ihm alles widerlich. Die Pension, Angelika, die Briefe – pfui Teufel! Er wollte nicht damit fortfahren – um keinen Preis. Hatte Angelika ihr Netze nach ihm ausgeworfen und ihn wie einen dummen fetten Fisch eingefangen? Das war ihm nie und nimmer eingefallen, das Ganze hatte keine Rolle in seinem Leben gespielt – bis jetzt, wo er sie in Kopenhagen traf. Vielleicht war auch das ein durchdachter Plan!

Nichts kann die Eitelkeit und das Eroberer-Selbstgefühl eines Mannes tiefer kränken, als daß er da, wo er Sieger zu sein glaubt, nur ein eingefangener Sklave ist.

Raphael ging den größten Teil der Nacht auf Deck auf und ab, und als sie nach Christiania kamen, bezog er ein Hotel. Am nächsten Tage wollte er direkt nach Helleberge reisen; jetzt sollte es biegen oder brechen! Dies – und alles ähnliche – mußte für immer ein Ende haben; das führte nur ins Verderben. War er nur erst zu Hause und erfuhr, wo Helene war, da gab sich das andere schon von selber.

Vom Hotel ging er in Angelika Nagels Pension, um zu bestellen, daß man ihm einige Sachen, die dort standen, sofort ins Hotel bringen sollte; er reise nachmittags.

Er hatte zu Mittag gegessen und kam auf sein Zimmer, um zu packen – da stand sie da. Elegant, hübsch und so unglücklich, wie er niemals jemand gesehen hatte. War er wirklich nicht bei ihr abgestiegen? Wollte er sofort abreisen? Sie weinte so ganz hilflos verzweifelt. daß er, der auf alles andere, nur nicht darauf vorbereitet war, sie so trostlos zu *sehen, nur ausweichend zu antworten wußte. Ihr Verhältnis, sagte er, hätte ja keine andere Bedeutung gehabt als die eines zufälligen Zusammentreffens; das wüßten sie beide. Also wüßte sie auch, daß es früher oder später ein Ende haben müsse. Und jetzt sei die Zeit gekommen.

Doch, meinte sie, ihr Verhältnis bedeute mehr; sie sei niemand begegnet, den sie so geliebt hätte; das hätte sie ihm bewiesen. Denn sie sei hierher gekommen, um ihm zu sagen, daß sie guter Hoffnung sei. Sie wäre so verzweifelt, wie nur jemand es sein könne; es wäre ihr und ihrer Kinder Ruin. Niemals hätte sie sich etwas so Entsetzliches denken können; aber ihre wahnwitzige Liebe hätte sie ja zu Boden gerissen – nun läge sie denn da, wie sie zu liegen verdiente.

Raphael konnte nicht antworten, weil er nicht denken konnte. Er sah die Zuckungen in ihrem Nacken und Rücken, er sah ihren kleinen Fuß unter dem Rocke hervorlugen, ihre starken Arme in straffen Ärmeln; das Gesicht barg sie in ihren Händen auf der Tischplatte und weinte, schluchzte, schrie.

Trotzdem – das, worum sich seine Gedanken zuerst zu Klarheit sammelten, war nicht Mitleid mit ihr. Das war Helene, war der Propst, war seine Mutter. Was würden die nun sagen? –

Als wenn sie fühlte, wo seine Gedanken waren, hob sie den Kopf. »Willst du mich wirklich verlassen?« Wie war ihr Gesicht verzweifelt, die starke Frau schwächer als ein Kind!

Er stand aufrecht vor ihr mit dem offenen Koffer, auch er ganz unglücklich. »Was kann es nützen, daß ich hierbleibe?« antwortete er ruhig. Ihre Augen ruhten in den seinen, spähend, wurden klarer und klarer, wurden bestimmt, dann leuchteten, dann blitzten sie, der Mund verzog sich höhnisch, sie wuchs von Sekunde zu Sekunde, bis sie aufsprang: »Heiraten sollst du mich, wenn du Ehre im Leibe hast!«

»Ich dich heiraten – dich –!« rief er, erst entsetzt, dann auch höhnend.

Nun bekamen ihre Augen einen bösen Glanz. Sie reckte den Kopf vornüber, die ganze Frau sammelte sich zu einem Anfall wie eine Tigerin. Aber es kam nur zu einem Schlag auf den Tisch mit der Hand eines Mannes: »Ja, das sollst du, zum Kuckuck!« flüsterte sie. Sie ging an ihm vorbei und ans Fenster. Was wollte sie?

Es öffnen, hinaus schreien; – er hörte nicht deutlich, was. Sich ganz über den Rahmen hinaus beugen und noch einmal schreien.

Dann schloß sie das Fenster, drehte sich nach ihm um, drohend, triumphierend.

Er stand da. leichenblaß – nicht weil ihm bange war und er sich einschüchtern ließ, sondern weil er merkte, daß er hier seinen Todfeind vor sich hatte. Und da erhob er sich zum Kampf.

Sie sah es sofort; sie fühlte seine Stärke, bevor er sich rührte. Da lag etwas in Auge und Haltung, worüber sie niemals Herrschaft gewann. Eine Kraft im Ausdruck, mit der sich niemand gern einließ. So hatte er sie nie vorher gesehen – so hatte auch *sie* ihn nie vorher gesehen.

Um so wilder liebte sie ihn! Sie freute sich, daß er ihre Bewegungen im Zimmer nicht beachtete, sondern daran ging, das letzte Stück in den Koffer zu legen und ihn zu schließen. Da trat sie dicht an ihn heran – in Zerknirschung, in Reue und Elend, dem größten, das er je im Leben oder in der Kunst gesehen hatte. Das Gesicht steif vor Entsetzen, die Augen starr, die ganze Gestalt bewegungslos, nur Thräne auf Thräne ohne einen Laut oder Atemzug. Sie wollte und mußte ihn haben, sie zog ihn an sich wie die Meeresbrandung, es waren rasende, verzweifelte Äußerungen einer Liebe, die Lebensbedürfnis ist. Er verstand es jetzt.

Aber er legte das letzte Stück in den Koffer und schloß ihn zu. Dann ging er ein paarmal auf und ab, als wäre er allein – sagte dann, sie müsse selber einsehen, daß es unmöglich sei.

»Glaubst du nicht.« antwortete sie ruhig, »daß ich dir alle Last abnehmen könnte? Sodaß du arbeiten könntest? Hast du nicht gesehen, daß ich mit deiner Mutter umzugehen verstehe?« Er antwortete nicht, aber er mußte einräumen, daß es wahr war. Sie wartete eine Weile, dann fügte sie hinzu: »Und Helleberge..., ich kenne ja das Gut auch; der Propst ist ja mit mir verwandt, ich bin dort gewesen. Das wäre etwas für mich zu verwalten – meinst du nicht? Und die Cementgruben,« fügte sie hinzu, »ich besorge das Geschäft, es sollte dich nicht hemmen.«

Sie sagte es gedämpft, kurz. Sie lispelte leicht, und das machte gleichzeitig einen hilflosen Eindruck.

»Auf jeden Fall reise heute nicht – denke darüber nach!« fügte sie hinzu und weinte nun wieder bitterlich. Er glaubte, sie trösten zu müssen.

Sie ging auf ihn zu, umschlang ihn mit ihren Armen, drückte ihn an sich in ihrer Verzweiflung und ihrer Begierde. »Reise nicht, reise nicht!« – –

Sie fühlte, daß er wärmer wurde. »Niemals,« flüsterte sie, »habe ich, seitdem ich Witwe wurde, mich einem anderen hingegeben – und das verstehst du selber –« sie legte den Kopf auf seine Schulter und schluchzte, schluchzte.

»Es kommt so plötzlich über mich,« sagte er. »Ich kann nicht –«

»So nimm dir Zeit!« flüsterte sie und gab ihm einen flüchtigen Kuß. »Ach, Raphael,« sie wand sich um ihn, legte Feuer um ihn.

Es klopfte an die Thür, sie ließen voneinander. Es war der Mann, der die Sachen holen wollte.

»Nein,« sagte Raphael errötend, »ich will bis morgen warten.«

Der Diener ging, sie sprang zu ihm, dankte ihm, jubelte, küßte ihn. Ach, wie sie strahlte von Stärke, von Glück und Sieg. Sie war ein junges Mädchen von einigen zwanzig Jahren. Oder vielmehr ein junger Mann. Denn es war etwas Männliches auch in der Art, wie sie jetzt wegging.

Aber kaum war das Licht und Feuer draußen – so sank auch seine Stimmung. Bald darauf lag er langgestreckt auf dem Sofa wie in einem Grabe. Er meinte, sich nicht wieder erheben zu können.

Was wurde nun aus seinem Leben? Denn das Leben hat einen Traum über sich, der seine Seele ist. Und wenn der Traum weg ist, sieht das Leben aus wie eine Leiche.

Das hatte die große Angst angezeigt. Bis hierher hatten alle Raone das Raubtier in ihm begleitet. Hier sollte es nicht langer spielen und ihn amüsieren, hier sollte es im Ernst seine Klaue in ihn schlagen, ihn niederwerfen und sein frisches Blut einschlürfen.

Aber ebenso sicher war, daß sie ruiniert war, sie und ihre Kinder, wenn er sie verließ. Und dann hielt ihn niemand für einen ehrenhaften Menschen; er sich selbst nicht.

Während seines letzten Aufenthaltes in Frankreich, als er mit einer größeren Arbeit nicht zustande kommen konnte, die ihm immer vorschwebte, da dachte er oft: du hast das Leben zu leicht genommen; wer das thut, dem gelingt nichts Großes.

Wenn er nun jetzt hier seine Schuldigkeit that, sein Verbrechen gegen sie, gegen sich und andere auf sich nahm – es trug wie ein Mann – vielleicht kam er dann dazu, die volle Kraft zu gebrauchen?

Das hatte die Mutter gethan und war vorwärts gekommen.

Aber mit dem Gedanken an die Mutter kam der Gedanke an Helene, kam sein Traum. Der zog nun von ihm weg wie im Herbste die Zugvögel. Er lag wieder da und meinte, nicht wieder aufstehen zu können.

Aus dem Getümmel, in dem er sich im Sommer bewegt hatte, erinnerte er sich an zwei Menschen, zu denen er Zutrauen gefaßt hatte, einen jungen Mann und seine Frau; bei ihnen saß er am Abend; er erzählte ihnen alles ehrlich; denn er war nun einmal ehrlich. Die entscheidende Probe ist, ob einer auch alles von sich selber erzählen kann. Und das konnte er.

Mit Entsetzen hörten sie ihn an. Aber ihr Rat war sehr sonderbar; er solle warten und sehen, ob sie wirklich guter Hoffnung wäre.

Dies erweckte Widerwillen in ihm; hier war kein Zweifel zulässig; denn ehrlich war sie. – Aber sie konnte sich ja irren; – sie mußte es untersuchen lassen. Auch dieser Vorschlag empörte ihn; – aber er ging darauf ein, daß auch sie zu ihnen kommen und mit ihnen reden solle; sie kannte sie.

Am nächsten Tage kam sie zu ihnen. Ihr sagten beide, was sie Raphael nicht gut sagen konnten, nämlich das, daß sie ihn ruinieren würde. Besonders die Frau schonte sie nicht. Ein hochbegabter Mensch wie Raphael Kaas, mit so guten Aussichten in jeder Beziehung, durfte doch nicht, einige zwanzig Jahre alt, eine ältere Frau und viele Kinder aufgebürdet bekommen. Er war nichts weniger als reich, das wußte sie aus seinem eigenen Munde, sein Leben würde das eines Lasttieres werden, und zwar, ehe er gelernt halte, es zu ertragen. Sollte er den Lebensunterhalt für so viele Menschen erarbeiten, dann müßte er das Unmöglichste auf sich nehmen, würde darunter mittelmäßig werden. Darunter würden sie beide leiden, getäuscht und mißvergnügt werden. Er durfte doch nicht so hart für einen Leichtsinn büßen, für den sie zehnmal mehr verantwortlich war als er. Was glaubte sie wohl, daß die Leute sagen würden? Er, der so beliebt, so gesucht, so überall willkommen war. Sie würden über sie herfallen wie Krähen über eine Krähe und sie in Stücke hacken. Sie würden ohne Ausnahme das Schlimmste glauben.

Der Mann fragte sie, ob sie auch ganz sicher wüßte, daß sie guter Hoffnung sei. Sie müßte sich untersuchen lassen. Angelika Vogel wurde rot und antwortete, halb höhnisch, halb lachend, darauf verstünde sie sich. »Ja.« antwortete der Mann, »das haben viele gesagt und sich doch geirrt. Die Leute erfahren ja, daß Sie gesagt haben. Sie wären guter Hoffnung, und daß er Sie deswegen geheiratet hat – was meinen Sie wohl, werden diese selben Leute sagen, wenn es sich herausstellt, daß Sie sich geirrt haben? Denn es wird ja bekannt werden.«

Sie wurde wieder rot und sprang auf. »Sie mögen sagen, was sie wollen.« Nach einer Pause fügte sie hinzu: »Aber Gott bewahre, ich will ihn nicht unglücklich machen.« Um ihre Bewegung zu verbergen, wandte sie sich ab. Aber die Frau ließ sie nicht los; sie schlug ihr vor, sie solle ohne weiteres ihm zu schreiben, ihn freigeben und zu seiner Mutter reisen lassen; da könnten sie es ja abmachen. Angelika war ja so tüchtig, daß sie sich sicher durchschlagen könnte, und das müsse sie versuchen. Raphael müsse ihr ja auch helfen.

Angelika sagte: »Wenn ich nachgeben soll, so will ich an seine Mutter schreiben. Sie soll alles wissen, daß sie auch die Verantwortung kennt, die er auf sich nimmt.«

Das fand die Frau billig, und Angelika setzte sich hin und schrieb. Sie war dabei oft bewegt, aber es ging – schnell, bestimmt, Bogen für Bogen.

Da klingelte es; ein Bote mit einem Briefe. Das Mädchen kam damit herein, die Frau nahm ihn entgegen; aber er war nicht an sie, sondern an Angelika gerichtet – beide erkannten Raphaels kühne Handschrift.

Angelika erbrach ihn, wurde feuerrot, strahlte; denn er schrieb, das Resultat seiner ernstesten Überlegungen sei; durch ihn sollten sie und ihre Kinder nicht unglücklich werden; er sei ein rechtschaffener Mensch, der seine Verantwortungen auf sich nehmen und nicht auf andere abladen wolle.

Angelika gab der Frau den Brief. Dann zerriß sie, was sie fertig geschrieben halte, in tausend Stücke – und ging.

Die Frau stand da und dachte: »Das Gute in uns muß für das Schlechte bürgen, und so hängen wir fest genug.«

Die Entdeckung, die die Frau hier machte, war vorher schon verschiedenemal gemacht worden. Aber deshalb war sie gleich richtig. –

V.

Am nächsten Tage wurden sie getraut.

Und die Nacht darauf, als sie in ihren stets guten Schlaf gefallen, lag er da, übersatt, aufgerieben, aber bald in tiefem Kummer über sein verlorenes Paradies. Er konnte nicht schlafen; er lag da und sah über eine Wiese, die keinen Frühling hatte und daher auch keine Blumen. Er musterte die Ereignisse des Tages bis zur letzten Umarmung. Das wurde ein Zusammenleben ohne Spiel und Anmut. Sie war von einem anderen Glauben als er, ein harter Realist, ein höhnischer Skeptiker, ja, im tiefsten Grunde ein Zyniker.

Ihre gleichmäßigen Atemzüge, das regelmäßige Gesicht, der schwellende Leib schienen ihm zu antworten: hopsasa, mein Junge, wir wollen uns tausend Jahre amüsieren! Schlaf nun, du bedarfst es, wenn du mit mir ziehen willst! – –

Tags darauf war ihre Ehe das Gespräch der Stadt, des ganzen Landes.

Gerade wie bei seiner Mutter, riefen die Leute: Sie war aller Hoffnung, sie hätte wählen können und die höchste Stellung im Lande erreichen können; – bums, da ging sie unter in der wahnsinnigsten Ehe. Der wahnsinnigsten –? Nein, die des Sohnes ist doch wahnsinniger.

Und nun ging es los!

Die große Menge trägt ein unbewußtes Gesetz in sich, das unter der einen Sensation ihr befiehlt, sie zwingt, einen Mann höher zu erheben, als sie selber wünscht, und ihr unter einer entgegengesetzten Sensation befiehlt, sie zwingt, ihn noch tiefer hinunterzustoßen. Die meisten Menschen sehen auch nicht mit eigenen Augen, und unter ungewöhnlichen Umständen werden ihnen sogar ein paar Vergrößerungsgläser aufgezwungen, oder ein paar Verkleinerungsgläser – was sie sehr spaßhaft macht. Raphael Kaas ein hübscher Mann –? Ach ja, aber zu groß, zu hell im Gesicht, der Ausdruck nicht gesammelt genug, der ganze Bursche zu unruhig. Reich? Er? Er besitzt nicht die Tapete an der Wand! Die Ersparnisse sind längst aufgebraucht, die Renten reichen nicht aus, sie haben lange vom

Kapital gelebt. Und die Cementlager – wer in aller Welt soll sich mit ihm auf ein großes Unternehmen einlassen? Sie reden von seiner Begabung, ja von seinem Genie; aber ist er denn besonders begabt? Ist es nicht mehr das, was er gelernt hat? Daß er der Fabrik die Hälfte der Betriebskosten erspart hatte – war das nicht nur eine Wiederholung von dem, was er früher gethan, und dies natürlich wieder eine Wiederholung von etwas, was er anderwärts gesehen hatte? Ebenso verhielt es sich mit den vielen Fingerzeigen, die er gegeben – Frucht eigener Anschauung; denn, das mußte man einräumen, davon hatte er mehr als die meisten anderen. Aber das Geniale? Ja, er verstand es zu reden; aber darin bestand gewiß die ganze Genialität. Die Aufsätze, die er geschrieben – wie jetzt eben wieder über die Anwendung der Elektrizität beim Backen und Gerben – konnte man die eigentlich Entdeckungen nennen? Warten wir nun ab, worauf er jetzt verfällt, wo er nach Hause gekommen ist und nicht mehr studiert und sieht, was andere gedacht und gethan, oder durch Unterhaltung mit anderen Ideen bekommt.

Raphael Kaas merkte den Umschlag – zuerst bei den Damen; sie waren auf einmal wie weggeblasen ... bis auf einige wenige, die eine Ehe wie die seine nicht respektierten und ihn nicht aufgeben wollten. Auch die Verwandten zogen sich teilweise zurück. Er repräsentierte nicht »das echte Raonsche.« An Temperament und Gemüt vielleicht; aber es war gerade sein Fehler, daß er im übrigen Flickwerk war.

Der Umschlag war stark. Er merkte es an allem und allen. Aber es war Manns genug in ihm und auch Trotz genug, um sich dadurch zu strammer Arbeit anreizen zu lassen, und in ihr war vielleicht noch mehr von der Art. Er hatte das Hochgefühl, seine Pflicht gethan zu haben, so lange diese erste Zeit der Spannung bestand, die ihm Kraft gab.

Am Tage seiner Hochzeit – vom frühen Morgen bis zur Trauung – schrieb er an seine Mutter; schrieb einen merkwürdigen, feierlichen Brief vor dem Angesicht des Allwissenden, eines geängstigten Herzens Notschrei in großer Gefahr. Es lag nun bei ihr, ob sie sie zu sich nehmen und das Leben sich gestalten lassen wollte, wie es jetzt allein möglich war; Angelika als Geschäftsführer, Haushälter, Chef

– er seinen Studien und Versuchen geweiht, sie beider Führer und zärtliche Mutter.

Er meinte, ihre Zukunft beruhe auf diesem Briefe und der Antwort, und so schrieb er. Niemals hatte er sich selber gezeichnet wie in diesem Briefe; niemals hatte er so mit sich selber abgerechnet. Die Summe der Erlebnisse dieser Tage und die in durchwachten Nächten erlangte Reife – hier war sie! Ehrlicher konnte er sich nicht geben.

Es quälte ihn, daß er nicht sofort Antwort erhielt, trotzdem er verstand, welchen Schlag ihr der Brief versetzen mußte. Er wußte, daß er anfangs alle ihre Träume vernichten mußte, wie die seinen vernichtet waren. Aber er vertraute auf ihre zähe Kraft der Wiedererhebung – er kannte keine größere – und auf die langen Wurzeln aller ihrer Unternehmungen; daß sie auch hier aus der tiefsten Tiefe ihres Zusammenlebens Kraft ziehen und danach ihren Beschluß fassen würde.

Folglich gab er ihr Zeit – trotz Angelikas Unruhe, die kaum zu meistern war; sie fing sogar an zu höhnen. Aber über seiner Erwartung lag etwas Heiliges; die Versuche prallten ab.

Als er auch am dritten Tage keine Antwort erhielt, telegraphierte er. Nur die Worte: »Mutter, gieb mir Antwort!« Der Telegraph hat niemals Worte weitergetragen, die schwerer waren von zurückgehaltenen Thränen. Er konnte nicht nach Hause gehen; er blieb außerhalb der Stadt und bis zum Abend allein; da mußte die Antwort wohl da sein. Sie war da: »Mein lieber Sohn, du bist immer willkommen, und am meisten, wenn du unglücklich bist.«

Das Wort »du« war unterstrichen.

Er wurde kreideweiß, ließ das Telegramm fallen und ging langsam in sein Zimmer. Dort ließ ihn Angelika eine Weile in Frieden, kam dann aber herein und brannte die Lampen an. Er sah, daß sie in großer Erregung war und daß sie ab und zu auf ihn einen schnellen Blick warf.

»Weißt du was, Raphael, du solltest nur gleich zu deiner Mutter reisen. Das ist doch zu arg, wenn unsere Zukunft – und ihre auch! – durch Klatsch und dergleichen ruiniert werden soll.«

Er war zu unglücklich, um beleidigt werden zu können. Sie hat ja vor niemand und vor nichts Respekt, dachte er, weshalb sollte er da zürnen, daß sie vor seiner Mutter und seinem Verhältnis zu ihr keinen hatte?

Aber wie roh erschien ihm Angelika, wie sie sich über eine widerspenstige Lampe beugte und ihre Ungeduld losbrechen ließ! Ihr Mund konnte allzuleicht einen rohen Zug bekommen, ihr kleiner Kopf konnte zuweilen aus den starken Schultern hervorstechen nach Art einer Schlange, und ihre dicken Handgelenke..

»Ach ja.« sagte sie, »schließlich sind wohl die ekligen Helleberge gar keine Sehnsucht wert.«

Jetzt ist sie mit sich selber mißvergnügt, dachte er; nun muß sie weiter gehen! Nun kann sie sich nicht halten, bis Zusammenstoß und Entladung stattgefunden; aber die Freude soll sie nicht haben.

»Nach allem, was die Leute erzählen und was dort vor sich gegangen ist...«

Es zündete nicht.

Wie bin ich nur auf den Gedanken gekommen, daß sie mit der Mutter umgehen könnte?

Er stand auf und fing an auf und ab zu gehen. Hat die Mutter das gefühlt? Sie waren doch so gute Freunde, Damals ahnte ich nichts. Woher kommt es, daß die Instinkte der Mutter immer feiner sind? Hab' ich meine verdorben? Als Angelika kurze Zelt darauf wieder zu ihm kam, sah er tief unglücklich aus; sie wurde davon ergriffen. Und da war sie so gut, so natürlich und aufmerksam um ihn. Und später ging von ihrem kecken Lebensmute so viel Licht aus, daß er ordentlich erfrischt wurde und dachte: hätte die Mutter es doch über sich gewonnen, den Versuch zu machen, es wäre vielleicht gegangen! Es liegt so viel Gutes und Tüchtiges in diesem sonderbaren Wesen.

Er ging zu den Kindern; vom ersten Tage an liebte er sie und sie ihn. Sie hatten Not gelitten in der großen Pension und bei einer Mutter, die selten bei ihnen war oder Lust hatte, sich mit ihnen abzugeben, außer wenn ihre Kleidungsstücke geflickt werden sollten, oder Münder gestopft werden wollten, oder Missethäter ihre

Prügel bekommen mußten. Raphael hatte in seiner Natur das Ursprüngliche, für das Kindertreuherzigkeit eine Wonne ist, und er fühlte das Bedürfnis, zu lieben und geliebt zu werden. So etwas fühlen Kinder sofort. Sie hielten sie auf, ihr waren sie im Wege – und jetzt mehr denn je. Um es gleich zu sagen: ihr war Raphael alles geworden.

Das war der Zauber an ihr, der sich immer wieder neu gebar, was auch geschehen sein mochte. Ihre Zärtlichkeit, ihre Hingebung war grenzenlos. Dann war sie eigen; sie legte sie stets aus in ihrer Person, in ihrer klugen Geschäftigkeit, ihm alles Gute zu verschaffen, was in ihrem Bereiche lag – und noch darüber hinaus. Sie lag in ihrer Aufopferung bei Tag und Nacht, sobald irgend etwas vorlag, in einer Dienstwilligkeit, wie sie nur ein so gesundes und starkes Wesen zu leisten vermag. Aber in Worten gab sie sie nicht; kaum in einem Blick. Das hatte sie nur damals gethan, als es um ihn zu kämpfen galt; – aber damit hatte es jetzt ein Ende.

Hätte sie eine Linie innehalten können, wenn auch nur ein paar Wochen hintereinander, und sich von ihrer niemals versagenden Liebe leiten lassen – dann hätte er aus seiner Ehe das gerettet, was seine Mutter trotz allem aus der ihren gerettet hatte. Weshalb geschah das nicht? Weil die Eifersucht, die sie bei ihm erweckt und die ihn wieder zu ihr getrieben hatte – weil sie umschlug. Kaum waren sie verheiratet, so wurde sie eifersüchtig.

War es seltsam? Eine ältere Frau – sie mag nun die stärkste, kräftigste Persönlichkeit sein – wenn sie einen jungen Mann, der in Mode ist, gewinnt, ihn so gewinnt, wie Angelika den ihren – sie wird in ewiger Unruhe leben, daß jemand ihr ihn nehmen könnte. Sie hatte ihn ja selber genommen. Wenn wir sagen, daß sie fast auf jeden Menschen eifersüchtig war, der zu ihnen kam, auf Mann und Weib, jung und alt, weiterhin auf alle, mit denen er näher zusammen kam, so ist das eine Übertreibung! aber diese Übertreibung setzt das Verhältnis in grelles Licht; *so war es*. Sie duldete nicht, daß jemand anderes für ihn da war. Wenn er sich mit einem anderen angelegentlich unterhielt, so mußte sie stören; sie ertrug es nicht, außerhalb zu stehen. Ihr Gesicht wurde steif, ihr rechter Fuß begann aufzutreten, und nützte das nichts, so warf sie verdrießliche oder spitze Worte ein – unbekümmert, wie es war.

Wurde von jemand Gutes gesprochen und fing es an, bei ihm zu zünden, so blies sie darauf. Buchstäblich! Sie that es wirklich, hob dabei die Schultern hoch, warf den Kopf zurück, warf den Fuß. Anfangs glaubte er, sie wisse etwas Unvorteilhaftes von allen denen, auf die sie blies, und er bewunderte ihre Kenntnis von halb Norwegen. Er glaubte überhaupt an ihre Wahrheitsliebe wie an weniges. Er hielt auch sie für unbegrenzt, wie so vieles andere an ihr. Sie sagte es ja meist zynisch geradeheraus und bildete sich durchaus nichts darauf ein. Aber nach und nach merkte er, daß sie nur das sagte, was ihr gerade in der Stimmung, in der sie war, einfiel. Sie hatte vor der Wahrheit nicht mehr Respekt als vor allem anderen.

Als sie eines Tages zu Tisch gingen – er kam spät nach Hause und war hungrig – freute er sich, daß es Austern gab. »Austern!« rief er, »und noch dazu jetzt? Die müssen sehr teuer sein? –« »Ach, ich kaufte sie bei der alten Frau, weißt du, sie drängte sie mir für dich auf; ich bekam sie fast geschenkt.« – »Das ist doch hübsch. Du bist also auch aus gewesen?« – »Ja, und ich habe dich gesehen. Du gingst mit Emma Raon.« Er hörte sofort an dem Tone, daß er das nicht dürfe, sagte aber trotzdem: »Ja, ist sie nicht süß? So frisch und unverdorben. –« »Die – ? Die hatte eine Frühgeburt, bevor sie heiratete.« – »Emma –! Emma Raon?!« – »Ja – von wem weiß ich nicht!« »Nein, weißt du was, Angelika, das glaube ich nicht,« sagte er feierlich. – »Das kannst du halten, wie du willst; aber ich war ja selbst da und half ihrer Mutter; es war ja in der Pension! Daraus kannst du erkennen, daß ich es weiß.«

Es konnte ihm nicht beifallen, daß ein Mensch so weit gehen könnte, so etwas ins Blaue hinein zu erlügen. Emmas Augen, klar wie das Wasser einer Quelle, auf deren Grund die Steine gezählt werden können – sie sahen ihn aus der Ferne an, rein und unschuldig. Er begriff nicht, daß solche Augen lügen konnten. Er wurde ganz erschrocken, konnte nicht essen und stand auf. Die Welt war ja der reine Betrug, die reinste Unreinlichkeit. Von dem Tage an machte er, sobald ihm Emma und ihre Mutter mit dem weißen Haar begegneten, einen Umweg, um nicht mit ihnen zusammenzutreffen. Er liebte seine Familie innig; ihre Schwachheiten lagen offen vor allen; aber auch ihre Tüchtigkeit und Ehrlichkeit. Diese eine Geschichte nahm ihm sein Vertrauen, schadete seinem Selbstvertrauen, vernichtete vieles in ihm, und dann machte sie ihn ärmer. Wie konnte er da etwas taugen, wenn er sich so immer und immer wieder zum Narren halten ließ?

An der ganzen Geschichte war kein wahres Wort.

Seine Treuherzigkeit war bei ihr ein Kind in Adlerklauen. Aber doch nicht lange.

Denn glücklicherweise war sie auch darin ohne Beharrlichkeit oder Berechnung. Sie erinnerte sich heute nicht, was sie gestern gesagt hatte, denn jeder Tag brauchte sein Teil, und sie log flott darauf los, je nachdem es ihr paßte. Er dagegen hatte ein ausgezeichnetes Gedächtnis, und seine mathematische Begabung ordnete die Beweise gegen sie zwingend Ihre Begabung war mehr Schnelligkeit und Geschicklichkeit als etwas anderes; sie war ohne Erziehung, ohne Zusammenhang, und wurde auf allen Punkten von Leidenschaft durchlöchert. Deshalb konnte er immer ihre Verteidigung brechen. Aber so oft das geschah, zeigte es sich ganz deutlich, daß sie wieder aus Eifersucht gesündigt hatte; und das schmeichelte seiner Eitelkeit, das war der Grund, daß er es nicht ernst genug nahm, es nicht weiter verfolgte.

Vielleicht hätte er dann mehr entdeckt. Die Eifersucht war nämlich bloß die Form, die ihre Unruhe annahm; die Unruhe selbst hatte mehrere Gründe.

Sie hatte nämlich eine Vergangenheit und hatte Schulden. Beides hatte sie geleugnet, und sie lebte nun in beständiger Angst, daß ihn jemand aufklären könnte. Denn, war Spürsinn vorhanden, so brauchte man ihn jetzt ihr gegenüber; das merkte sie. Es kam nur darauf an, was er erfuhr, d.h. mit wem er zusammen kam. Die anonymen Briefe ließ sie außer Betracht, da er es that; – aber es gab böse Menschen genug, die Andeutungen hinwerfen konnten.

Sie sah, daß auch Raphael teilweise seinen zahlreichen Freunden von früher her aus dem Wege ging. Sie verstand den Grund nicht, aber es war der, daß auch er fühlte, sie wüßten mehr von ihr, als ihm zu wissen gut that. Sie sah, daß er sinnreiche Vorwände erfand, um sich nicht mit ihr öffentlich zu zeigen; auch daß, deutete sie falsch; sie verstand überhaupt nicht, daß er ebenso wie sie vor dem bange war, was die Leute sagten. Sie glaubte, er suche andere als sie. Wenn der Umgang keine anderen Folgen hatte, so konnten doch wenigstens Andeutungen fallen. Deshalb die eifrige Jagd auf fast jeden, mit dem er nur sprach; hatten sie sie verdächtigt, sollten sie wieder verdächtigt werden.

Sie hatte Schulden, und diese ließen sich nicht verheimlichen, wenn sie sie nicht vermehrte. Das that sie mit einer Dreistigkeit, die eines besseren Zieles würdig gewesen wäre. Der Haushalt wurde flott geführt; offener und immer ausgezeichneter Tisch; sonst gedieh er nicht zu Hause, sagte sie und dachte es wohl auch. Sie selber mußte eine der elegantesten Damen der Stadt sein, das verlangte ihr täglicher Kampf, um ihn festzuhalten. Selbstverständlich bekam sie alles »für nichts" oder »für einen Spottpreis.« Immer hatte es ihr jemand »fast geschenkt.«

Er wußte selber nicht, wie viel Geld er schaffte; vielleicht gerade weil sie ihm von dem einen zum andern trieb und jagte. Ursprünglich hatte er ins Ausland ziehen wollen; aber mit einer Frau, die die Sprache nicht verstand, und mit einer großen Familie – ? Zu Hause – das merkte er bald – hatte er das Zutrauen der Leute verloren, er durfte nichts Größeres beginnen; oder er wollte warten, bis er den entscheidenden Entschluß faßte. In der Zwischenzeit that er, was ihm gerade unter die Hand kam. Und es war oft Arbeit untergeordneter Art. Sowohl aus Langerweile und um nur etwas zu thun, gab er das Mittelmäßige von sich – und ließ es gehen, wie es wollte.

Immer ging er davon aus, daß es »vorläufig« wäre. Sein wissenschaftlicher Drang, seine Erfindergabe – mit so schwerem Gewicht auf dem Rücken kamen sie nicht weit. Aber es sollte noch werden! Nach Art der Jugend bemaß er Zeit und Kräfte verschwenderisch; er merkte deshalb lange selber nicht, daß die große Familie und das große Haus ihn immer tiefer und tiefer drückten.

Hätte er nur Ruhe bekommen, dachte er, so wollte er alles hervor befördern und poch mehr. Er fühlte solche Kräfte.

Aber gerade Ruhe bekam er nie. Jetzt kommen wir nämlich zum Schlimmsten, oder eigentlich zur Summe des vorhergehenden. Die ewige Unruhe, in der sie war, zeugte ewigen Kampf. Teils besaß sie keine Selbstbeherrschung. Eine Laune, ein Verdacht, eine Spannung mußte sich über irgend jemand entladen, sie ergriff die geringste Gelegenheit. Teils und besonders jagte sie diese eine, das ganze

Leben beherrschende Angst, sie könne ihn verlieren – die jagte sie von dem weg, womit sie sich hätte abgeben sollen, um Ruhe zu bekommen. Sie ließ das Hauswesen im Stiche, ließ die Kinder verkommen; ihre freien Kräfte gingen immer auf ihn los; ihre Eifersucht, ihre Furcht, ihre Schulden fraßen an seinem fruchtbaren Geiste, verzehrten seine gute Laune, vernichteten seine Schönheitsfreude, seinen Schöpferdrang.

Er hatte besonders eine große Idee, mit der er es oft aufgenommen hatte, ohne sie zu bewältigen. Der Kampf hatte ernstlich begonnen eines Tages auf der Höhe von Helleberge, er hatte bis in den Sommer hinein gedauert. Merkwürdigerweise – als er eines Tages über einer langweiligen Arbeit saß und Helleberge und Helene im Frühlingssonnenschein vor ihm standen... da trat ihm die Idee wieder entgegen, hoch, lächelnd – und er wieder daran! Da bat er zu Hause: »Laßt mir nur einen Monat Ruhe; hier ist Geld; ich bin mit etwas beschäftigt; ich will und muß Ruhe haben! In einem Monat werde ich so weit kommen, daß ich vielleicht erkenne, ob es der Mühe wert ist, damit fortzufahren. Vielleicht kann uns diese eine Idee alle miteinander bergen!«

Das letzte verstand sie. Und jetzt bekam er Ruhe. Er hatte sein Comptoir in der inneren Stadt; nahm aber oft abends seine Papiere mit nach Hause, denn es konnte vorkommen, daß er, wie er gerade saß oder lag, wieder mitten drin war. Sie pflegte ihn aufmerksam, ja, sie setzte sich sogar auf die Treppe, wenn er mittags schlief, um Lärm zu verhindern. Das dauerte ganze vierzehn – 14 – Tage. Da ging er einmal aus. und sie durchstöberte seine Papiere und fand unter den Zeichnungen, Berechnungen und Briefen wirklich einmal etwas. Es war folgendes, von seiner Hand geschrieben:

»Mehr von einer Mutter in ihr als von einer Liebhaberin, mehr von der Fürsorge der Liebe als von ihrem Genuß. Reich in ihrem Gefühl wollte sie es nicht mit dir an einem Tage vergeuden, sondern es mütterlich auf dein Leben verteilen. An Stelle des Sturzbaches – ein fahrbarer Fluß. Ihre Liebe war Hingebung, niemals Aufgehen darin. *Du* warst einer; und *sie* war eine, zusammen wäret ihr mächtiger geworden, als zwei Liebende es zu sein pflegen.«

Es stand noch mehr da; aber Angelika wurde so wild, daß sie nicht weiter lesen konnte. Hatte er den Unsinn selber erdacht oder bloß abgeschrieben? Es war keine Verbesserung darin; es war also das wahrscheinlichste, daß er es abgeschrieben hatte. Jedenfalls zeigte es, wo seine Gedanken waren.

Raphael kam still nach Hause, ging geradeswegs in sein Zimmer und zündete Licht an, noch bevor er den Überrock abgelegt hatte. Und stehend schrieb er ein paar Formeln nieder, schlug in einem Buche nach, setzte sich schräg auf den Stuhl und machte hastig eine Berechnung.

Da kam sie, beugte sich zu seinem Gesicht herunter und sagte gedämpft: »Du bist mir ein netter Bursche? Jetzt weiß ich. womit du beschäftigt bist. Sieh' da, da sind deine heimlichen Gedanken – bei dem Schwein!« –

»Schwein!« fuhr er auf. Der Ärger darüber, daß sie in seinen Papieren gestöbert hatte, daß sie gerade das gefunden, und jetzt in ihrem rohen Munde das Schimpfwort gegen das feinste Wesen, das er kannte, und vor allem das ganz Unerwartete an dem Überfall ließen ihn geradezu die Besinnung verlieren: »Was wagst du –! Wen meinst du –?« – »Ach, thu doch nicht so! Meinst du etwa, ich verstehe nicht, daß das auf die geht, die sich um das Gut bekümmerte, um dabei dich einzufangen?«

Sie sah, wie das traf. Dann ging sie weiter. »Sie, der Tugendspiegel, die mit einem alten Manne sich einließ, als sie noch Kind war.«

In demselben Augenblick wurde sie an der Kehle gepackt und rücklings aufs Sopha geworfen, ohne daß die Hand losließ. Sie bekam keine Luft, sie sah sein Gesicht über dem ihren, es hatte den Ausdruck wahnsinniger Raserei. Eine Stärke, eine Wildheit, von der sie keine Ahnung hatte, die sie anstarrte voll Wollust, sie erwürgen zu können; nach wildem Kampfe sanken ihre Arme matt nieder, mit ihnen ihr Wille, nur die Augen blieben halb offen vor Entsetzen und Neugier wagte ers? Ja, er wagte es! Es wurde Ihr schwarz vor den Augen, die Glieder begannen zu zittern, zu zittern..

»Du hast meine Äpfel genommen!« klang eine Kinderstimme im Nebenzimmer. eine schwache. lispelnde. Aus dem unschuldigsten Frieden, den die Erde kennt, klang es herein. Und das rettete sie.

Er eilte wieder hinaus. Und als ihn das verließ, was gleichsam hinterrücks alle Macht von ihm genommen und ihn gebraucht hatte, wie ein Reiter ein Pferd braucht, da wurde er nicht eigentlich bange; die Zufriedenheit damit, daß sie endlich seine Kraft hatte fühlen müssen, war zu groß.

Aber nach und nach schlug die Stimmung um. Gesetzt, er hätte sie ermordet! Und sollte dafür auf Lebenszelt ins Zuchthaus – –!

War diese Möglichkeit in sein Leben eingetreten? Konnte das öfter geschehen?

Nein, nein, nein, antwortete er. Nein, nein, nein! – Merkwürdig, ihn dauerte damals Angelika! Wie entsetzlich muß es ihr gehen, daß sie so häßlich werden und so Häßliches von ganz unschuldigen Leuten denken kann! Wie schlecht muß es ihr gehen, daß sie so gegen den sein kann, den sie über alles liebt, ja, der der einzige ist, für den sie lebt. Ein langes, langes Rechenstück folgte – mit seiner Schuld, ihrer Schuld, anderer Schuld – und das kühlte ab, brachte zur Besinnung. Nach ein paar Stunden war er imstande, nach Hause zu gehen, um sie auf ihrem Bette in Thränen schwimmend zu finden, bereit, sofort beide Arme um ihren Hals zu schlingen. Er beugte sich über sie mit hundert Bitten um Verzeihung in Worten, Küssen und Umarmungen.

Aber mit dieser Scene war auch die Idee ihrer Wege gegangen. Jene hohe Stille ihrer Geburtsstunde war entweiht; er sah sie später nur noch flüchtig. Ja, bald war es ihm widerwärtig, sie zu verfolgen; er schloß die ganze Gedankenreihe ab – und begann wieder Geld zu verdienen; es bot sich gerade etwas dar, was Angelika aufgespürt hatte.

Wieder hinein in die ewige aufreibende Arbeit; jetzt endlich gab es die Erbitterung des Luxuspferdes darüber, daß es Lasttier sein soll. Das verschlimmerte die Scenen zu Hause. Seit jenem Auftritt hatten die Zusammenstöße überhaupt keine Grenzen mehr. Es brauchte auch keines Wortes mehr um sie zu veranlassen; eine Bewegung, eine Miene, ja ein Stillschweigen seinen Worten gegenüber genügte, um die heftigsten Spektakel herauf zu beschwören. Früher hatten sie sich in Gegenwart anderer geschämt; jetzt war es gleichgiltig, ob sie allein waren oder nicht. Bald stand er ihr, was die Brutalität der Worte oder die Unbedeutendheit des Streitobjekts anlangte, nicht im geringsten mehr nach; er war eher schlimmer. Seine ledige Phantasie und Schöpferkraft trieb ihr Wesen hier nun; hier warf sie über den Haufen und trat zu Boden so viele der schönen Gaben des Lebens; hier vergeudete sie jene Zuschüsse zum Glück, die das tägliche Leben beisteuern kann.

Seine Entbehrung, sein Leiden lief mit seiner Leidenschaftlichkeit um die Wette. Bald war das eine, bald das andere voraus. Die Form der Verzweiflung war immer dieselbe; daß das ihm zustoßen konnte. Wenn er flüchtete? Dadurch wurde er es nicht los. Das Verhältnis hatte sein Gewissen von Anfang an gepackt, dann waren ihm die Kinder teuer geworden, und das Beispiel seiner Mutter sagte ihm: »Halt aus, halt aus!« Die einstimmige Prophezeiung der Leute, daß diese Ehe, kaum eingegangen, auch wieder gelöst werden würde, wollte er nicht in Erfüllung gehen lassen. Außerdem kannte er jetzt Angelika viel zu gut, als daß er nicht gewußt hätte, daß er die Scheidung nicht durchsetzen könnte, bevor sie ihm mit dem Gesetze in der Hand das Fell abgezogen hatte. Er kam nicht los.

Zuerst galt es Ehre und Pflicht. Die Ehre und Pflicht betraf das Kind, das kommen sollte und nicht kam.

Hier konnte er eine ungeheuere Anklage erheben. Aber mitten im Trauerspiele war es spaßhaft genug, daß die Anklage behend gegen ihn selber gerichtet wurde! Sie hatte genugsam bewiesen, daß sie imstande war, Kinder zur Welt zu schaffen; aber er hatte das nicht bewiesen! Hatte sie sich geirrt, so lag die Schuld auf seiner Seite. – Zuletzt wagte er gar nicht mehr darauf zurückzukommen; denn dann wurde ihm sein lustiges Junggesellenleben vorgeworfen; sein lustiges Junggesellenleben war schuld daran, daß er keine Kinder bekam!

Je länger das dauerte und je bekannter es wurde, um so unverständlicher war es den meisten, daß es nicht zum Bruche kam. Ihm selbst ab und zu auch in schlaflosen Nachten. Aber es ist nun einmal so, daß, wer tausend kleine Aufstände macht, sich nicht zu einem großen sammeln kann. Sogar der endlose Streit bindet, indem er die Kräfte in Anspruch nimmt.

Er nahm ab. Das in jeder Hinsicht aufreibende Zusammenleben und daneben die straffe Arbeit bewirkte, daß er nur noch die Bedürfnisse des Tages bewältigen konnte; nach und nach verlor er sowohl Initiative als Willen.

Ein eigener Zustand entwickelte sich: er hatte Hallucinationen, Gesichte. Er sah sich selbst, seinen Vater, seine Mutter – alle Bilder waren drohender Art. Im Schlafe träumte er das Entsetzlichste; seine brachliegende Phantasie, sein lediger Schöpferdrang nahmen Rache. Und alles ermattete ihn.

Mit Bewunderung sah er auf ihre robuste Gesundheit; sie hatte die Natur und Funktionen eines Raubtieres. Aber zuweilen – ihre Kämpfe und Versöhnungen führten ja alle Offenbarungen mit sich – gewann er auch einen Einblick in ihre Not. Sie klagte nicht, sagte kein Wort – das konnte sie nicht –; aber zuweilen weinte sie und sank zusammen, wie man es nur in der höchsten Verzweiflung kann. Ihre Natur war stark, und ihr Liebeskampf ohne Glauben. Die Schönheit der Lebensfülle war darin, selbst wenn sie sich am häßlichsten gebärdete; der Kampf der wilden Natur mit ihrem Geschick wirkte oft tragisch.

Eines Tages traf er seinen Verwandten, den Expeditionschef. Sie pflegten sich auszuweichen; heute aber hielt er ihn an: »Du, Raphael,« sagte der kleine lebhafte Mann in nervöser Bewegung, »ich war auf dem Wege zu dir.«

»Was giebt es. Lieber?« –

»Ich sehe, du ahnst es. Es ist ein Brief von deiner Mutter.«

»Von der Mutter –!«

Sie hatten die ganze Zeit seit ihrem Telegramm kein Wort gewechselt. »Ein langer, großer Brief. Aber sie hat eine Bedingung gesetzt.«

»Hm, hm. Bedingung?«

»Ja. zürne nicht, sie ist nicht schlimm. Du sollst nur aus der Stadt heraus und irgend wohin reisen, wo du Ruhe haben kannst. Und dort sollst du ihn lesen.«

»Du weißt, was er enthält?«

»Ich weiß, was er enthält. Ich bürge dafür.«

Was er damit meinte oder weshalb er so aufgeregt war, verstand Raphael nicht. Aber es steckte Ihn an; hätte er Geld gehabt und wäre gerade heute frei gewesen, so wäre er sofort gereist. Aber Geld hatte er nicht – nicht mehr Geld als er heute abend zum Feste brauchte. Er hatte die Billets dazu in der Tasche; er hatte Angelika versprochen, mit ihr hin zu gehen, und das wollte er halten; denn das Versprechen war bei einer großen Versöhnungsscene gegeben. Ein weißes Seidenkleid war das Ölblatt dieser letzten friedlichen Tage gewesen. –

Sie sah auch sehr hübsch aus, als sie am Abend an seiner Seite, hoch und gebieterisch, den großen Saal der Loge betrat. Sie fühlte die Stimmung; ihre schnellen Augen maßen die Polhöhe; mit sicherer Überlegenheit steuerte sie dahin, wo sie erfreuen, und dahin, wo sie ärgern wollte.

Er war nicht sicher. Er fand überhaupt keinen Gefallen daran, sich mit ihr öffentlich zu zeigen, und in der letzten Zeit hatte sie gerade öffentliche Lokale gewählt, um Spektakel zu machen. Weiterhin war er nervös bei dem Gedanken, was seine Mutter von ihm wollte. Kurze Zeit, bevor er kam, hatte er an zwei Stellen Geld zu leihen versucht und hatte an beiden Stellen nur Entschuldigungen gehört und kein Geld bekommen. Das hatte ihn tief gedemütigt. Dieser sein unruhiger Zustand machte ihn (wie Nervöse so oft) eifrig und ausgelassen, ja, er amüsierte sich vortrefflich. Und als ob etwas von dem alten Glücke den Abend verklären sollte, traf er seinen Verwandten und Freund aus dem Ausland. Hans Raon – ihn und seine Frau, eine Bayerin; sie waren eben in die Stadt gekommen. Alle drei waren hocherfreut sich zu treffen. »Erinnerst du dich,« sagte Hans Raon, »wie oft du mir Geld geliehen hast, Raphael?« und zog ihn abseits. »Jetzt bin ich obenauf, ich bin reich verheiratet, und noch dazu mit dem liebenswürdigsten Wesen der Welt! – Ach, du solltest sie kennen!« – »Und hübsch ist sie auch!« – »Und hübsch ist sie auch – – und lustig. Wie du mich hier siehst, bin ich der glücklichste Mann Norwegens.« Raphaels Augen füllten sich. Der Freund legte die Hände auf seine hohen Schultern. »Bist du nicht glücklich, Raphael?« – »Nicht ganz so glücklich wie du, Hans.« – Er verließ ihn, um mit jemand zu sprechen – dann kam er wieder. – »Hans, du sagtest, daß ich dir oft Geld geliehen habe – – – « – »Brauchst du welches? Willst du etwas haben, Raphael? Wie viel, Lieber?« – »Kannst du 200 Kronen entbehren?« – »Hier sind sie!« – »Nein, nein, nicht hier. Gehen wir hinaus,« flüsterte Raphael. – »Ja, komm, dann begießen wir das Wiedersehen mit Champagner.

– Nein, die Frauen nicht mit!« fügte er hinzu, als Raphael dorthin sah, wo die beiden sich unterhielten. »Die Frauen nicht mit!« lachte Raphael, er verstand, was er meinte, und jetzt wollte er seine Freiheit von Grund aus genießen.

Aufgeräumt und in lauter Unterhaltung kamen sie wieder herein. Raphael engagierte die junge Frau Hans Raon zum Tanz; ihre hübsche Gestalt, frische Lustigkeit und vor allem ihr Entzücken über die Familie ihres Mannes nahmen ihn im Sturm gefangen. Auch den nächsten Tanz tanzten sie zusammen und unterhielten sich dann lachend. – Im Verlauf des Abends, als man zu Tisch gehen sollte, fanden die Freunde ihre Frauen wieder; sie sollten zusammen sitzen. Raphael sah von weitem das Gewitter, das auf Angelikas Gesicht aufzog. Sofort wurde er rasend; unschuldiger war er nie angeklagt. Und dann, daß er niemals eine ungetrübte Freude haben konnte! Aber er begnügte sich, zu flüstern: »Jetzt bitte ich dich, daß du dich anständig aufführst!«

Aber das wollte sie gerade nicht. Er hatte sie offenkundig sitzen lassen; nun wollte sie sich rächen. Die Lustigkeit Hans Raons – und besonders die seiner Frau ertrug sie nicht; da hieb sie denn dazwischen – einmal, zweimal, dreimal, während das Gesicht Hans Raons immer verwunderter wurde. Das Unwetter wäre vielleicht vorübergegangen; denn Raphael parierte jedesmal die Hiebe, ja, er zog sie ins Spaßhafte, sodaß die Gesellschaft in lustige Laune geriet, und da schmerzt ja nichts.

Aber sie versuchte etwas anderes. Wie früher erzählt, hatte sie einige spottende Mienen, Zeichen, Bewegungen, die nur er verstand. Die ließ sie jetzt spielen. Auf diese Weise verhöhnte sie alles, was die anderen sagten, und besonders was *er* sagte. Er konnte es nicht unterlassen, sie anzusehen, und jedesmal bekam er seinen Teil – bis er mitten in der allgemeinen Fidelität der anderen – mit all der Innerlichkeit und Liebenswürdigkeit, die man in solche Worte hineinlegen kann, zu ihr hinüberrief: »Du bist eine Mähre!« – »Ein ›Mehr‹ was ist das?« fragte die fremde Dame mit den lustigen Augen. Da schlug das Ganze in unwiderstehliche Komik um, selbst Angelika lachte, und alle meinten, damit wäre die Situation zum unwideruflich letztenmal geklärt.

Nein – als wenn der leibhaftige Satan am Tische säße, sie gab sich nicht. Das Gespräch wurde wieder lebhaft, und als es am lebhaftesten war, da blies sie auf das, worüber die anderen lachten – und das verstanden alle. Man wurde verlegen, Raphael sah sie rasend an, und da blies sie wieder: »Du da, Junge!« sagte sie. Von jetzt ab gab Raphael heftige Antworten. Von jetzt ab ließ er nichts passieren, ohne Vergeltung zu üben – harte, böse Vergeltung; er war schlimmer als sie. – »Aber, Herrgott,« sagte endlich der gute Hans Raon, »wie du dich geändert hast, Raphael!« Die treuen, liebenswürdigen Augen ruhten auf Raphael mit einem Ausdruck, den er nie wieder vergessen konnte, er wurde auch sehr bleich. »Ja, ich kann es nicht mehr aushalten,« sagte die junge Frau Raon, die Thränen standen ihr im Auge, sie stand auf, der Mann sofort zu ihr und mit ihr weg. Raphael blieb mit Angelika sitzen, die Nachbarn beobachteten sie und flüsterten zusammen. Beschämt und wütend sah er zu Angelika hinüber – die lachte. Es wurde ihm rot vor den Augen; er hatte einen wilden Drang, sie hier vor aller Augen zu erwürgen. Ja, die Versuchung überwältigte ihn so sehr, daß er meinte, die Leute müßten es ihm ansehen. »Ist Ihnen nicht wohl, Kaas?« hörte er jemand neben sich sagen. Er erinnerte sich später nicht daran, wer es war, oder ob er antwortete, auch nicht, wie er ins Freie kam. Aber noch auf der Straße dachte er mit der größten Wollust daran, wie es sein würde, wenn er sie erwürgte – wieder ihr Gesicht blau werden sähe, ihre matt niedersinkenden Arme sähe, ihre Augen offen vor Entsetzen. Denn *einmal* würde er es *doch* thun! Sein Leben endete im Zuchthause, das war ihm ebenso sicher bestimmt, als er die Begabung zum Ingenieur besaß und sie verriet. –

Eine Viertelstunde später stand er am Observatorium, er sah nach den Sternen am Himmel; aber es war keiner da. Er fühlte, daß er so in Schweiß gebadet war, daß die Kleider fest klebten und daß er trotzdem erschauerte. Das ist die Zukunft, die dich erwartet, dachte er; sie durchschauert schon deine Glieder.

Da geschah es, daß eine neue – bislang ungebrauchte Kraft, die tiefer lag als jede andere – hervorbrach und das Kommando übernahm. »Du darfst nicht wieder zu ihr nach Hause. Jetzt ist es vorbei, Junge; ich dulde es nicht länger.«

Was war das –? Was war das für eine Stimme? Sie klang wirklich, als käme sie von außen. War es die Stimme seines Vaters? Eine Mannesstimme war es; sie machte ihn ruhig und klar. Er wandte sich um, er ging direkt nach dem nächsten Hotel, ohne Bedenken, ohne Angst. »Nun beginnt etwas Neues.« Und darauf schlief er drei Stunden fest, zum erstenmal seit langer Zeit ungestört von Träumen.

Dann auf. –

Am Vormittag des nächsten Tages saß er in dem kleinen Glaspavillon der Station Eidsvold; der Brief der Mutter lag offen vor ihm; er bestand aus einem Haufen von Papieren; jetzt waren sie durchgelesen. Die Ebene graukalt unter dem Herbstnebel; die Berge noch nicht sichtbar. Rechts Klopfen in den Werkstätten, dazwischen Lärm von den über die Brücke fahrenden Wagen; von links die Signalpfeife eines Zuges; Tassengeklirr in der Restauration – was er sah und hörte, brodelte um die Eindrücke des Gelesenen wie das Wasser um kochende Eier –

Sobald seine Mutter erkannt hatte, daß Angelika nicht guter Hoffnung gewesen war, fing sie an, alle Nachrichten über sie zu sammeln, deren sie habhaft werden konnte. Mit Hilfe der überall gegenwärtigen und unermüdlichen Familie war das auch in einem Umfang bis ins Einzelne hinein geschehen, daß kein Untersuchungsrichter es ihnen hätte nachmachen können. *Hier* lagen nun Briefe, Erklärungen, oft Zeugnisse, die sich der betreffende zu beschwören erbot; ferner Originalbriefe von Angelika, unbedachte Briefe, die diese leidenschaftliche Frau mitten in ihrer Berechnung schreiben konnte; oder sehr berechnende Briefe, die anderen aus einer anderen Periode mit anderer Berechnung völlig widersprachen. Diese Dokumente waren nur Beilagen zu einer klaren Auseinandersetzung seiner Mutter. *Sie* hatte also den Spürsinn der anderen geleitet und das Gefundene zu einem Ganzen gesammelt. Mit mathematischer Strenge lag hier geordnet, was man wußte und was man nicht wußte, aber vermuten konnte. Keine einzige Bemerkung war hinzugefügt, kein einziges direktes Wort an ihn.

Ein Teil dieser Aufklärungen, die ihre Vergangenheit betrafen, geht uns nichts an. Der Teil, der das Verhältnis zu Raphael betraf, begann mit dem Nachweis, daß die anonymen Briefe, die seiner

Zeit seine Verlobung mit Helene zerstört hatten, von Angelika geschrieben waren. Diese eine Aufklärung und das, was hier früher auseinandergesetzt ist, geben einen Begriff von dem überwältigenden, demütigenden Eindruck, unter dem Raphael jetzt leiden mußte. Wer war er, daß er wie ein eingefangenes Tier genarrt und abgerichtet werden konnte? Daß ihn sowohl das Schlechte um ihn wie das Gute in ihm so weit auf Abwege führen konnte? Wie ein kraftloser Thor war er weggespült; er hatte weder gesehen, noch gehört, noch gedacht, bevor er aus alledem, was sein Eigen, und alledem, was ihm lieb war, herausgerissen worden war.

Er saß nun hier ebenso in Schweiß gebadet wie gestern nacht; es fing an ihn fürchterlich zu frieren. Deshalb lief er mit den Papieren auf sein Zimmer und verschloß sie in seinem Koffer; er selbst eilte springend die Landstraße entlang. Die Leute blieben stehen und starrten dem langen Menschen nach.

Aber der da sprang, wiederholte vor sich selber: »Wer bist du, mein Junge, wer bist du?« Bald fragte er die Hügel danach, hier gab es so viele; schließlich auch die Bäume. Ja, den Nebel, der sich jetzt verzog, fragte er: »Wer bin ich – kannst du es mir sagen?« Der nasse kahle Rasen lag halbwelk da und höhnte ihn; ebenso der ausgenommene Kartoffelacker, das Stoppelfeld, das gefallene Laub.

Der du bist, kannst du nicht sein; was du kannst, darfst du nicht thun; was du werden solltest, erreichst du nicht.

Wie du – deine Mutter vor dir. Hinein auf den Abweg. Und dein Vater auch. Hinein in den reinen Unsinn! Vielleicht *ihr* Vater und *ihre* Mutter vor ihnen, wer weiß? Das ist der Zweig einer großen Familie, der niemals erreicht, wozu er bestimmt ist. Jeden von uns bringt etwas anderes vom Wege ab; aber es geschieht mit uns allen. Weshalb ist es so? Wir haben doch größere Aufgaben als die meisten anderen. Aber die anderen fahren aus gebahntem Wege direkt in ihres Glückes Haus – wir gehen vom gebahnten Wege ab und in den Wald hinein – sieh, bin ich nicht selber da? Von der Landstraße weg und in den Wald hinein, als gehorchte ich einem inneren Gesetz? In den Wald hineingekommen? Er sah sich um zwischen Vogelbeerbäumen und Birken und anderem falben Laubholz. Sie standen naß um ihn herum, als warteten sie auf seinen Kummer. Ja, ja, sie wollen mich hier hängen sehen – wie Absalon an seinem langen Haar.

Kaum hatte er dieses alte Bild hervorgezogen, da machte er Halt, als hielte ihn eine starke Hand fest; davon durfte er nicht weglaufen, das mußte er bis auf den Grund durchdenken! Je tiefer er hineinkam, desto klarer wurde es ihm: *Absalons Geschichte war seine eigene.* Mit Aufruhr fängt es an ... damit beginnt es natürlich, das, was einen vom Hauptwege weg in die Leidenschaften und ihre Zufälligkeiten hineintreibt. Das ist ja klar genug. Dann wachsen die Leidenschaften höher als die Bestimmung. Dann nehmen die Ereignisse der Anlage die Macht aus der Hand. – – Aber David empörte sich auch. Weshalb blieb David nicht an seinem Haar hängen? Es war gewiß wenigstens ebenso lang als das Absalons. Ach, David war auch oft nahe daran – bis in sein Alter hinein. Aber die centrale Kraft in David war zu stark. Die Energie in ihm war und blieb zu gewaltig; sie unterwarf sich die aufrührerischen Kräfte; sie konnten ihn nicht weit weg in leidenschaftliche Unternehmungen fortziehen. Sie wurden nur Ferienausflüge in seinem Leben und gaben die Poesie. Die Bestimmung verrückten sie nicht. Ach, die Energie war in David so stark, daß er sie in sich aufnahm und sich von ihr nährte. Und doch war auch er oft nahe daran!

Das ist gerade das, was ich elendes, verdammtes Zwittergeschöpf nicht kann. Deshalb bleibe ich hängen. Bald erreicht mich der Mann mit dem Spieße.

Jetzt sprang Raphael in den dichtesten Wald hinein; wahrscheinlich wollte er dem Manne mit dem Spieße entrinnen. Er war in einem engen Thal zwischen zwei großen Anhöhen; Schatten lag über ihm. Ach, wie durstig er geworden war, so entsetzlich durstig. Er blieb stehen und bedachte, wie er etwas zu trinken bekommen könnte. Da hörte er einen Bach murmeln; er ging dem Laute nach. In der Nähe hatte der Wald eine Öffnung. Anstatt an den Bach zu gehen, starrte er sprachlos auf die Waldöffnung. Die Sonne war hervorgebrochen und glänzte auf den Gipfeln, während unten tiefer Schatten herrschte. Sah er etwas? Ja, er meinte, sich selber zu sehen – nicht gerade an der Öffnung, aber am Saum des Waldes, im Schatten, unter einem Baume; da hing er an seinem Haar. Hing da und baumelte, lang, aber in der Sammetkleidern seiner Jugend und den dichtanliegenden Hosen, Er hing an seinem Haar, wie es damals war, rot und gelockt. Aber weiter weg sah er deutlich noch jemand, das war seine Mutter, stramm und stattlich, die sich im Takte drehte. Ja, Herrgott, noch weiter weg, da hing sein Vater, breit und schwer, an seinem spärlichen dünnen Nackenhaar mit verzerrtem, kümmerlichem Gesicht wie auf dem Totenbette. Im übrigen war es nicht so sehr schade um die beiden, sie waren ja alt; aber um ihn war es sehr schade, er war jung. Und dann war es ihm niemals gut gegangen, nicht einmal in seiner Kindheit. *Etwas* hatte ihn immer mißgestimmt gemacht oder erschreckt oder ihn in Unsicherheit über sich selbst, in beständiger Spannung erhalten. Niemals hatte er im stillen, natürlichen Frieden bei der Hauptsache verweilen dürfen. Immer war etwas los. Nur einmal nicht – als er Helene traf.

Ihm war, als führe er mit ihr im Boote auf der See; die Luft glänzte und vom Walde her klang Vogelgesang. Und er war mit ihr oben auf der Höhe bei den Tannensetzlingen; sie erklärte ihm, daß es auf die Pflege ankäme, ob sie gediehen oder nicht. – –

Er ging dicht an den Bach heran, um zu trinken, legte sich nieder und beugte sich über das Wasser. Dabei sah er sein Gesicht; wie ging das zu? Ja, die Sonne schien natürlich.

Er sah sein eigenes Gesicht. Herrgott, wie war es dem seines Vaters ähnlich geworden!

Im letzten Jahre war er seinem Vater sehr ähnlich geworden, hatten sie gesagt. Er sah deutlich die Miene der Mutter, wenn sie es sah. Aber, Gott im Himmel, hatte er nicht schon graues Haar? Ja, massenhaft, – so dicht, daß sein Haar nicht mehr rötlich war, es war graugesprengelt. Das hatte ihm niemand gesagt. Hatte er so viel gelitten? Und wie wenig war er sich darüber klar geworden, daß Hans Raons Worte: »wie du dich verändert hast. Raphael!« ihn erschreckt hatten. Er hatte sich gewiß der Selbstbeobachtung entwöhnt, in diesem Leben mit dem groben, ewigen Kampf. Dabei wurden ja Worte und Handlungen nicht abgewogen. Und dann diese ewige Hast. Natürlich war er der Beobachtung im ganzen entwöhnt. Wäre der Bach etwas tiefer gewesen, so hätte er sich hineingleiten lassen. –

Er stand auf und ging weiter, schnell und schneller. Bald sah er den, bald jenen im Walde hängen; er getraute sich nicht umzuwenden. War es denn auch wunderlich, daß mehrere als er und sein Geschlecht von der Hauptlinie abwichen und im tiefem Wald die Zweige der Bäume versorgten? Er war gegen sich selbst und seine Eltern ungerecht gewesen; sie waren nicht allein, sie waren in allzu großer Gesellschaft! Was heißt ein unfertiges Volk anderes, als daß Dinge, die es nicht sollen, die Macht an sich reißen?

Mehr als die Hälfte kommt nicht vorwärts, mehr als die Hälfte der Kräfte geht zu Grunde.

Auf diesen Waldwiesen, diesen Hügeln, die wie Orgelpfeifen geordnet nebeneinander herlaufen, war auch Henrik Wergeland herumgesprungen. Auch er war nahe daran!

Es war doch wahrhaftig nicht verwunderlich, daß sich die Raben hier versammelten; hier hingen viele.

Ha – ha, das mußte er seiner Mutter schreiben! Das war etwas, um es ihr zu schreiben, die das letzte Mal von ihm weggereist war, die ihn verließ, als er am unglücklichsten wurde; für sie war es ja das Wichtigste, ihre heilige Person unverletzt zu erhalten, ihren Trotz aufrecht, ihre Beleidigung pompös, ihre Verschmähung sich rächend ....o, das lange Haar, – o wie die Mutter fest hängt! Sie hat sich das Haar nicht verschnitten. Aber jetzt soll sie es wahrhaftig haben! So weit zurück, als er etwas wußte, wollte er alles ausgraben; endlich einmal wollte er sie selber in Augenschein nehmen! Jetzt hatte er die Macht und das Recht!

Seine Entdeckungsgabe hatte die endlose Aufreibung bei Tag und bei Nacht so lange verdeckt gehalten. Jetzt wachte sie hier wieder auf, und das sollte die Mutter haben! – Die Leute sahen den langen Mann aus dem Walde hervorbrechen, sahen ihn über Zäune und Gräben springen, immer weiter hinauf und immer geradeaus. Oben auf der höchsten Höhe wollte er an seine Mutter schreiben. Er kam auf das Bahnhofshotel erst, als es finster war – beschmutzt, naß, entsetzlich mitgenommen. Er wäre hungrig wie ein Wolf, sagte er; aber er aß fast nichts – dafür trank er ungeheuer viel. Dann stand er auf, er wollte ein paar Tage da bleiben und schlafen, sagte er.

Sie hielten es für Spaß; aber er schlief ohne Unterbrechung bis zum Nachmittag des nächsten Tages, wurde da geweckt, aß ein wenig, trank wieder viel; er hatte stark geschwitzt. Dann schlief er wieder ein. Einen Tag ging es noch ungefähr ebenso; am Morgen erwachte er und war allein. War nicht ein Arzt bei ihm gewesen – und hatte er nicht gesagt, es wäre gut, wenn er schliefe? Er meinte ab und zu Stimmen gehört zu haben; – aber auf jeden Fall war ihm jetzt wohl; er hatte nur einen rasenden Hunger und Durst, und wenn er aufstand, wurde ihm schwindlig. Aber das ging vorüber, nachdem er etwas von dem gegessen hatte, was noch dastand. Er trank aus dem Waschkrug – die Flasche war geleert, trank, ging bei offenem Fenster einigemal auf und ab. Es war sehr kalt, er schloß das Fenster wieder. Wie er sich eben umkehrte, um sich anzukleiden, erinnerte er sich daran, daß er an seine Mutter einen fürchterlichen Brief geschrieben haben mußte. Wie lange war das her? Hatte er nicht sehr lange geschlafen? Und war er nicht grau geworden?

Er trat vor den Spiegel, vergaß aber das graue Haar über dem Bild, das sich ihm bot. Wie sah er aus! Mager, schlaff, beschmutzt... Der Brief, der Brief! Herrgott, der Brief würde ja die Mutter töten. Hier gab es Unglück genug, mehr sollte nicht dazu kommen. Er kleidete sich an, als könnte er mit dem Briefe um die Wette laufen, er sah auf die Uhr, sie war stehen geblieben. Wenn nun der Zug bald da war! Er mußte mit, und von der Bahn mußte er sofort aufs Dampfschiff und nach Hause, nach Helleberge. Aber sofort mußte er an die Mutter telegraphieren, er schrieb: »Beachte den Brief nicht. Mutter! Heute abend komme ich und verlasse dich nie wieder.« – So, nun noch einen neuen Kragen, dann die Uhr – ja, es ist doch wohl Morgen? – dann packen, dann hinunter und bezahlen, essen, Billet lösen, telegraphieren; aber erst – nein, alles mußte gleichzeitig gethan werden; der Zug war da, er wartete nur noch wenige Minuten!

Er kam gerade noch mit; – das Telegramm wurde einem anderen zur Besorgung übergeben. Aber kaum saß er im Coupé – er war allein – als ihn der Gedanke an den Brief, den Brief quälte, daß er nicht sitzen konnte. Die entsetzliche Zergliederung seiner Mutter – jetzt kam sie ihm ins Gedächtnis – das jagte ihn wieder in die Stimmungen hinein, die er auf den Hügeln und Wiesen bei Eidsvold gehabt hatte. Auch auf dieser Seite des Tunnels war die Landschaft dieselbe. Du guter Gott, dieser fürchterliche Brief kam auch nicht aus dem Centralen in ihm; sonst hätte er dabei nicht so gelitten!

Welches Recht hatte er, seiner Mutter oder irgendjemand Vorwürfe zu machen, daß das Zufällige, das was nur an der Peripherie liegt, für unser Leben bestimmend werden kann?

Konnte das Telegramm früh genug ankommen, daß sie nicht in zu große Verzweiflung geriet? Daß es sie nur nicht von Hause verscheuchte, daß er kam!

So etwas an sie zu schreiben, die nur gelebt hatte, um die Aufklärungen zu sammeln, die ihn befreien konnten! Die Undankbarkeit mußte ihr zu groß scheinen. Sie hatte etwas unbehilflich Verschlossenes, das zu Katastrophen führte; sie vermochte ihre Seele nicht zu öffnen, deshalb kamen Sprengungen. Worauf konnte sie jetzt nicht verfallen sein, wenn sie zum Dank diesen fürchterlichen Überfall erntete? Vielleicht schiene ihr dann das Leben nicht mehr lebenswert. Sie, der der Tod so leicht erschien! Es durchschauerte ihn.

Aber die Mutter handelt nicht blindlings, dachte er; – sie wägt erst. Die Wurzeln in ihr gehen tief; wenn es aussieht, als handle sie unter einer Eingebung, so geschieht das, weil sie oft daran gedacht hat. Aber hieran hat sie nie gedacht, das erwägt sie. Er sah sie in Seelennot umherwandern, in ihren Shawl gehüllt, er sah sie mit großen Augen in ihr und sein Leben hineinstarren – bis beide ihr trostlos verscherzt erschienen; er sah sie darüber nachdenken, wie sie sich am besten verbergen könne, sodaß nicht mehr Leid daraus entstünde.

Wie er sie liebte! Diese Zeit hatte ihm eine Kappe über den Kopf gezogen! Jetzt war sie weg! – –

Er saß auf dem Dampfschiffe, das ihn nach Hause führte. Ein milder, stiller Regen fiel, es war jetzt das reine Sommerwetter geworden. Gegen Abend wurde es heller; er kam gewiß bei klarem Wetter und Vollmond nach Helleberge; dann wurde es wieder kälter.

Er sprach mit niemand; er hatte auch kein Auge für irgend etwas um ihn her. Er sah seine Mutter in dem seidenen Shawl, das war seine Gesellschaft, nur sie, nur sie. Wenn das Telegramm sie nun noch mehr erschreckt hatte! Ihn zu sehen, konnte ihr ja das Schlimmste von allem erscheinen. Ein so vernichtendes Urteil über ihr ganzes Leben zu lesen, und noch dazu von ihm – – die Mutter war nicht so beschaffen, daß so etwas dadurch ausgelöscht wurde, daß er um Verzeihung bat und kam. Im Gegenteil, es würde das Schlimmste beschleunigen.

Natürlich würde es das! Wieder begann der starke Schweiß, er mußte sich noch dichter einhüllen.

Die Angst erfaßte ihn widerstandslos, er mußte in die grauenvollste Vorstellung hinein ... sich ausmalen, welchen Tod die Mutter wählte! Er sprang auf, wandte sich hierhin und dahin, hätte sich gern jemand an die Brust geworfen und geschrien – aber er wußte ja, es war keine Rede davon, loszukommen. Er mußte sie die Gewehre mustern sehen – bis sie es aufgab, eins davon zu gebrauchen. Dann dachte sie an die tiefsten Verstecke des Waldes; wo waren sie alle Sie musterte eins nach dem anderen. Nein, sie konnte keins davon brauchen; denn sie wollte sich so verbergen, daß sie nie wieder gefunden werden konnte. Da waren die Cementlager; da ging es schroff abwärts, da war die See tief. Er hielt sich an den schmutzigen Tauen fest, um nicht umzufallen; er bettelte darum, loszukommen. Aber da kam sie geschwommen auf und ab auf den Wellen. War es das Gesicht, das höher lag als der Leib, oder war es der Leib, der noch eine Weile höher lag als das Gesicht?

Allmählich wurde er dadurch befreit, daß Leute zu ihm kamen und fragten, ob er krank wäre. Er bekam etwas Warmes und Starkes zu trinken, und dann bog das Schiff zu bekannten Städten ein. Sie fuhren an der Gegend vorüber, wo es nach Helleberge ging; denn erst mußten sie in die Stadt, und von dort aus ins Boot. Nun kam es bloß darauf an, ob ein Boot nach ihm ausgeschickt war. Darin lag der Beweis. Dann lebte sie, dann wollte sie ihn aufnehmen. Aber war kein Boot geschickt, dann hatte dafür der Abgrund Botschaft geschickt.

Und es war kein Boot geschickt.

Einen Augenblick verlor er die Besinnung. Dann aber bohrte er sich vorwärts wie aus einem finsteren Gange heraus – er wollte nach Helleberge, wollte sehen, was geschehen war, wollte wissen und suchen. Jetzt war es schon finster; aber er ging vom Schiffe weg und irrte im Halbschlafe herum auf der Suche nach einem Boot; er konnte kaum reden, gab aber nicht nach, ehe er Boot und Mannschaft gefunden. Er selber nahm das Steuer und hieß sie aus Leibeskräften rudern. Er kenne jede Felsspitze in der Dämmerung; sie sollten sich auf ihn verlassen, nur drauf los rudern, ohne sich umzusehen. Bald waren sie an den Felsspitzen vorüber und zwischen den Inseln. Diesmal kamen sie ihm nicht entgegen, sie lagen fest da und stießen ihn von sich. War kein Boot ausgeschickt, so hatte er hier nichts mehr zu suchen; – war kein Boot geschickt, so hatte er den Aufenthalt hier verwirkt. Wie zornige Tiere standen ihm Felsspitzen und Inseln entgegen. »Rudert nur drauf los!« sagte er; denn jetzt kam in ihm wieder die Kraft auf, die dalag und auf die letzte Probe wartete. »Was wird aus dir, Junge? Ich bekomme dich satt. Tritt nun einmal vor!« rief ihm eine Stimme von außen auch diesmal zu. Die Stimme eines Mannes. Seines Vaters?

Seines Vaters oder nicht – hier vor dem Besitze der Väter wollte er sich mit ihrem Geschick messen – ja, das wollte er!

In der äußersten Not eines Menschen trifft aufeinander, was er gefehlt hat und was er kann. Wie das Boot eben die Inseln und die Landzunge hinter sich hatte und in die Bucht hinein sollte, stand er auf, so hoch wie er war; die Ruderer sahen ihn erstaunt an, er hatte das Steuer mit sich erhoben und sah aus, als sollte er seinem Feinde begegnen. – Oder hörte er etwas? Waren das Ruderschläge? – Ja, jetzt hörten sie sie auch. In der Verengung bei der Einfahrt kam ihnen ein Boot entgegen, es sah groß aus über der Meeresfläche und fuhr schnell. »Boot von Helleberge?« rief Raphael mit zitternder Stimme. »Ja,« klang es aus dem Dunkel, und er erkannte die Stimme des Gutsverwalters. »Ist es Raphael?" – »Ja. Weshalb kamt ihr nicht eher?« – »Das Telegramm ist eben erst gekommen.«

Er setzte sich, sagte kein Wort. Das ankommende Boot brauchte nur umzukehren und zu folgen. Raphael selber hätte seins fast aufs Land laufen lassen; er dachte nicht mehr daran, daß er steuerte.

Bald hatten sie die lange Enge passiert, die in die Bucht hinein führte; dann kamen sie an der letzten Landspitze vorüber und dort – dort lag Helleberge vor ihnen, glänzend hell illuminiert. Vom Keller bis zum Giebel strahlte es in jedem Fenster; die Ställe strahlten – und jetzt schlug auch auf dem Gipfel eine große, hohe Lohe empor.

So empfing ihn die Mutter! Er schluchzte, die Ruderknechte hörten es, sie sahen, daß es heller um sie wurde und drehten sich um.

Der Anblick bezauberte sie so sehr, daß sie zu rudern vergaßen. »Nein, ihr müßt mich weiter rudern, brachte er mit Mühe hervor.

All sein Leid hatte er vergessen, als er ans Land sprang. Er dachte auch nichts dabei, daß er seine Mutter nicht in oder vor dem Hofe traf und sie auch nicht auf dem Altan stehen sah. Er stürmte nur die Treppe hinauf und öffnete; – – die Lichte in den Fenstern erhellten das Zimmer nicht, im Gegenteil, hier war etwas vor die Lichter gestellt, sodaß das Zimmer halbdunkel war. Aber sein Auge kaum aus dem Halbdunkel, er sah sich nach ihr um und hörte nur, daß sie in der äußersten Ecke weinte – und da saß sie auch zusammengesunken in der Sofaecke, die Beine an sich gezogen wie in alten Tagen, wenn sie sich fürchtete. Sie streckte auch die Arme nicht aus, sie war ganz verschüchtert – aber er beugte sich über sie, kniete nieder, barg sein Gesicht in ihrem Schoße und weinte mit ihr. Fein, dünn, mager war sie geworden, ach, als könnte sie weggeblasen werden! Sie ließ ihn sie an sich ziehen wie ein Kind und sich streicheln und küssen an seiner Brust; – ach, wie war sie körperlos geworden! Und diese Augen, die er endlich gewahr wurde, sie sahen durch Thränen aus großen Höhlen heraus, aber unschuldig, wie Vögel aus einem Neste. Um ihre schwere Stirn hatte sie ein langes Seidentuch in Turbanform geschlungen, das hinten überfiel; sie wollte verbergen, daß das Haar so dünn geworden; er lächelte, daß er sie darin wieder erkannte. Geistiger, schöner in ihrer Körperlosigkeit als je; das innerste Ich war unverhüllt hervorgetreten.

Ihre schwachen, schwachen Hände tasteten in sein Haar, und jetzt sah sie ihm in die Augen. »Raphael! Mein Raphael!« Sie schlang den Arm um ihn und drückte sich wieder an seine Brust. »Willkommen!« flüsterte sie. Aber bald hob sie den Kopf und blieb aufrecht und frei sitzen. Sie wollte reden. Er kam ihr zuvor; »vergieb den Brief!« flüsterte er und seine Augen waren eine einzige Bitte – ebenso seine Stimme, seine Hände, die ihren Kopf umfaßten. »Ich sah deine große Seelennot,« antwortete sie auch flüsternd; denn darüber durfte nicht laut gesprochen werden. »Und da war nichts zu vergeben,« fügte sie hinzu. Wieder hatte sie ihren Kopf an den seinen gelehnt. »Und dann war es ja wahr. Raphael!« flüsterte sie wieder.

Sie muß hier schwere Tage und Nächte gehabt haben, dachte er, um so etwas sagen zu können.

»Mutter, Mutter, welche entsetzliche Zeit –!« Ihre kleine Hand suchte die seine; sie war kalt, sie lag in der seinen wie ein Ei, das im Neste verloren gewesen war. Er wärmte sie und erfaßte die andere auch. »War die Illumination nicht hübsch?« fragte sie, und jetzt war ihr Gesicht wie das eines Kindes. Er rückte den Schirm etwas beiseite, der das Licht verdeckte; er mußte sie besser sehen. Als er den Freudenschimmer auf ihrem Gesicht sah, dachte er: Wenn das Leben für sie noch so schön aussieht, o, so wollen wir viele Tage zusammen bleiben.

»Hättest du nur das von Absalon – ja, das Bild, das du sahest, als du Davids Geschichte hörtest. Raphael – hättest du mir das nur früher gesagt –!« Sie hielt inne, ihr Mund bebte. »Wie hätte ich es dir sagen können, Mutter, wo ich es früher selber nicht verstand?« – Sie lächelte. »Die Illumination sollte mein Verständnis bedeuten. Es sollte dir gleichsam entgegenleuchten. Verstandest du das nicht?«

Über tredition

Eigenes Buch veröffentlichen

tredition wurde 2006 in Hamburg gegründet und hat seither mehrere tausend Buchtitel veröffentlicht. Autoren veröffentlichen in wenigen leichten Schritten gedruckte Bücher, e-Books und audio-Books. tredition hat das Ziel, die beste und fairste Veröffentlichungsmöglichkeit für Autoren zu bieten.

tredition wurde mit der Erkenntnis gegründet, dass nur etwa jedes 200. bei Verlagen eingereichte Manuskript veröffentlicht wird. Dabei hat jedes Buch seinen Markt, also seine Leser. tredition sorgt dafür, dass für jedes Buch die Leserschaft auch erreicht wird.

Im einzigartigen Literatur-Netzwerk von tredition bieten zahlreiche Literatur-Partner (das sind Lektoren, Übersetzer, Hörbuchsprecher und Illustratoren) ihre Dienstleistung an, um Manuskripte zu verbessern oder die Vielfalt zu erhöhen. Autoren vereinbaren direkt mit den Literatur-Partnern die Konditionen ihrer Zusammenarbeit und partizipieren gemeinsam am Erfolg des Buches.

Das gesamte Verlagsprogramm von tredition ist bei allen stationären Buchhandlungen und Online-Buchhändlern wie z. B. Amazon erhältlich. e-Books stehen bei den führenden Online-Portalen (z. B. iBookstore von Apple oder Kindle von Amazon) zum Verkauf.

Einfach leicht ein Buch veröffentlichen: **www.tredition.de**

Eigene Buchreihe oder eigenen Verlag gründen

Seit 2009 bietet tredition sein Verlagskonzept auch als sogenanntes "White-Label" an. Das bedeutet, dass andere Unternehmen, Institutionen und Personen risikofrei und unkompliziert selbst zum Herausgeber von Büchern und Buchreihen unter eigener Marke werden können. tredition übernimmt dabei das komplette Herstellungs- und Distributionsrisiko.

Zahlreiche Zeitschriften-, Zeitungs- und Buchverlage, Universitäten, Forschungseinrichtungen u.v.m. nutzen diese Dienstleistung von tredition, um unter eigener Marke ohne Risiko Bücher zu verlegen.

Alle Informationen im Internet: **www.tredition.de/fuer-verlage**

tredition wurde mit mehreren Innovationspreisen ausgezeichnet, u. a. mit dem Webfuture Award und dem Innovationspreis der Buch Digitale.

tredition ist Mitglied im Börsenverein des Deutschen Buchhandels.

Dieses Werk elektronisch lesen

Dieses Werk ist Teil der Gutenberg-DE Edition DVD. Diese enthält das komplette Archiv des Projekt Gutenberg-DE. Die DVD ist im Internet erhältlich auf **http://gutenbergshop.abc.de**

Zeitfracht Medien GmbH
Ferdinand-Jühlke-Straße 7
99095 Erfurt, Deutschland
produktsicherheit@kolibri360.de